BL古典セレクション

③

BL Selection of Classic Literature Vol.3
Kwaidan & Kidan
written by Akira Outani

怪談奇談

王谷晶＝著
ラフカディオ・ハーン＝原作

目次

雪と巳之吉（雪おんな）　〇〇四
契り（破約）　〇二四
男の友情（鮫人《こうじん》の感謝）　〇四二
男喰い（食人鬼）　〇六一
琵琶を弾く男（耳なし芳一）　〇七三
待ち人来たりて（和解）　一〇〇
衝立（衝立の乙女）　一二〇
狂恋（生霊）　一三九
In The Cup of Tea.（茶碗の中）　一六四
解説とあとがき　一七六

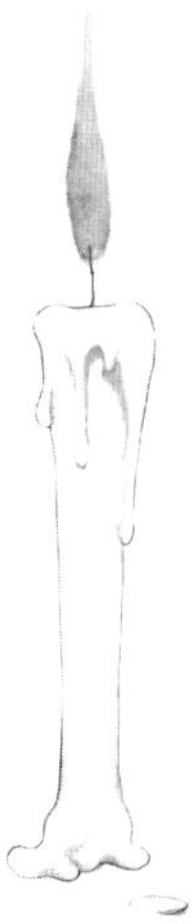

怪談　奇談

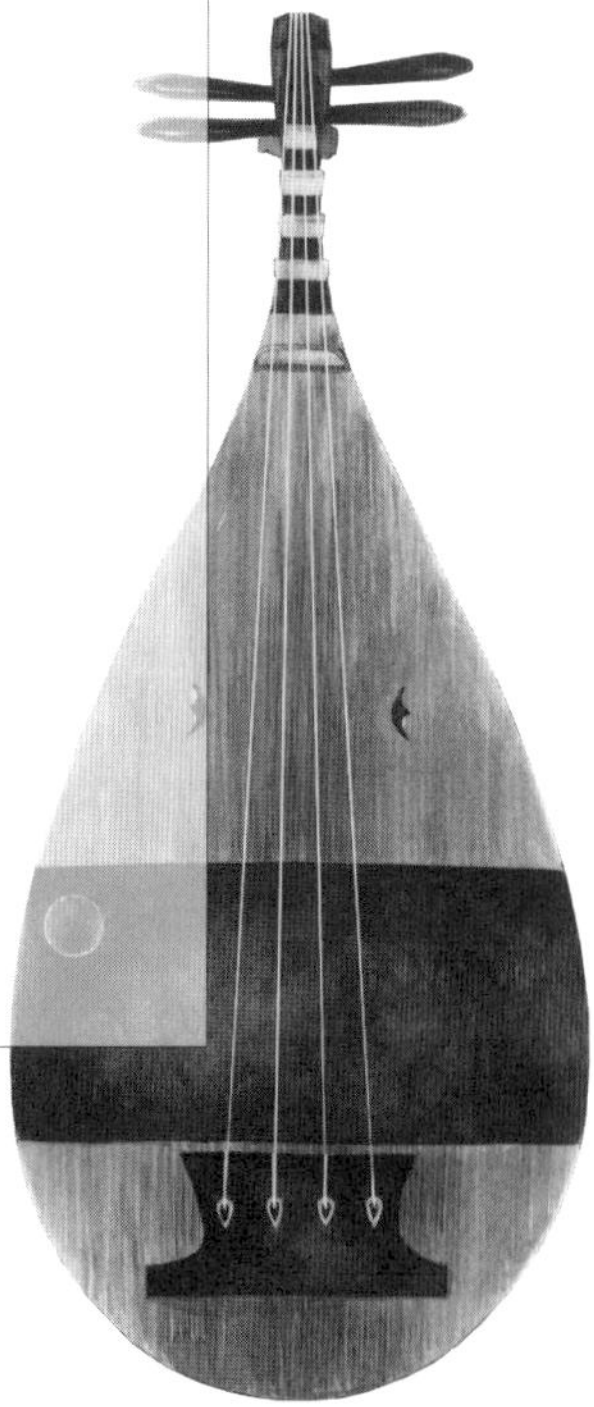

雪と巳之吉（雪おんな）

その朝も、巳之吉《みのきち》は茂作《もさく》と共に山に入った。

齢十八の巳之吉は武蔵国に住む木樵で、晦日と正月以外は毎日休まずひたすら木を伐り運ぶ暮らしをしている。奉公先の主人の茂作は厳しく無口な男だが木樵としては申し分のない腕前で、巳之吉も叔父貴と呼んで慕っていた。

しかしこの数年で茂作はめっきり老け込んだ。一方巳之吉はどんどん背が伸び、一昨年の夏にとうとう茂作を追い越した。面差しにはまだ僅かにいとけなさが残っているが、厳しい山の仕事を続けた身体は樫のように頑丈で、肌は冬でも日に焼け血色がいい。鷹のように真っ直ぐな目は濁み無く、貧しい暮らしの中でも生き生きとしていた。奉公に出されたときは鎌も満足に持てずにいた痩せこけた小童は、今や逞しく美しい青年に成った。だが巳之吉自身は己の外見《そとみ》になどまるで関心がなく、水面に映して見ることすらしなかった。

冬が近付いていた。木樵の仕事はいよいよ忙しくなる。雪が降れば薪を集めるのも木を伐るのも途端に捗《はか》が行かなくなる。その前にありったけの薪を集めて売らねばならない。

日の出前に家を出て、二人は川べりの渡し守の小屋まで歩いた。里と山の間には大きな川があり、毎日そこを小船で往っては帰りする。黒々とした太い川は橋も掛けられぬほど流れが速く深さもあり、里と山を彼方と此方に切り分ける三途の川のようだと言う者もいた。なので巳之吉は毎朝川を渡る時には決して里を振り返らぬようにしていたし、山から戻る時にも決して山を振り返らぬようにしていた。

道中、お互い言葉は無い。巳之吉は茂作以上に無口な男だった。たまに薪を買いに来る年増の女房たちに品の無いちょっかいを掛けられても、怒るでもなく躱《かわ》すでもなく黙って俯いてしまう。てんで初心《うぶ》で純情で、ただただ顔を紅くするだけなのだった。

ひどく寒い日だった。船から降りると、山肌を伝って冷たい風がびゅうと刃のように喉元を掠めていった。

「空がいかん」

茂作が天を見上げてぼそりと言った。晴れているのにお天道様は紗《しゃ》を被ったように白くぼやけている。確かによくない空だった。こういう時は荒れやすい。

ほどなくして、茂作の予感が当たった。日の翳らないうちから重たい灰色の雲が広がり、あっという間にみぞれ混じりの雨が降り出し、やがて吹雪になった。

巳之吉はまだ薪を集めようとする茂作をせっつき、急いで川辺にある小屋まで戻った。しかし薄情なことに渡し守は向こう岸に帰ってしまった後だった。辺りで風をしのげそうなところはここしかない。二人はその狭く粗末な小屋に入り、蓑をしっかりと巻き付け身を寄せ合った。

すぐ側の川の流れがごうごうと恐ろしげな音を立てている。火鉢のひとつも無い小屋の中は薪を燃やすこともできず灯りも無く、二人ともただ縮こまって骨身まで凍りそうな寒さをやりすごすしかなかった。そうしてじっとしているうちに、いつしかうとうとと眠りはじめていた。


ふ、と目が覚めた。


痛い。手足の節がみしみしと痛む。

巳之吉はぞっとして目を見開いた。人が寒さで死ぬときは、身体の節がひどく痛むという話を聞いたことがあるからだ。

辺りは真っ暗だった。戸が閉まっているのに何故か風が吹き荒れ、気を失いそうなほど寒い。叔父貴！と必死に茂作を呼んだが、声は風にかき消されてしまう。その時、ばたばたっとひときわ大きな音がして天井が吹き飛んだ。雪明りが小屋の中を照らし出す。

「ひっ」

巳之吉の目に、あらぬものが映し出された。

黒い、真っ黒い水のうねりが小屋の中をのたうち、その中に、はっとするほど白い顔が浮かび上がっている。

一瞬、寒さも忘れてその顔に見入った。

それは今まで見たことのない、あまりに美しい男の貌《かお》だった。小屋の中をのたうつ水のうねりに見えたものは、その男の長い長い黒髪だった。

墨を刷いたような切れ長の瞳が、ゆっくりと瞬く。男は細い指で茂作の顎を掴み唇を寄せ、きらきらと輝く白い息を吐きながら深く口付けた。茂作はされるがままになっている。

白い顔が、すーっと巳之吉の方を向いた。

真っ白い着物の袖をはためかせながら男が近付いてきた。瞬きすることもできない。ぎらぎら光る酷薄な眼差しがもうすぐ側にある。

美しい。

心の臓が止まりそうなほどに。

美しすぎて恐ろしい、という気持ちを、巳之吉は生まれて初めて知った。恐ろしくてたまらないのに、目を逸らすことができない。

凍った花びらのような青白い唇が巳之吉のそれに重なりそうになったとき、しかしふいに男は身体を離し、そして微笑んだ。

「ふん……やぁめたやめた……気が変わった。まだ若造だし、よく見りゃなかなかいい男だ……見逃してやってもいい。その代わり――今夜のこと、俺に会ったこと、ここで遭ったこと、一言でも誰かに漏らして御覧。すぐさまその場で取り殺してやる。誰にも言うんじゃないよ……自分のおっ母にだって言っちゃあならない。いいな……約束だよ……」

指先が、ちょん、と唇を突付いたかと思うと、煙のような細かな雪を舞い上げながら、男は背を向け小屋を出ていってしまった。

待て、という叫びは声にならなかった。軋む身体を必死に動かし男の背を追いかけようとした。しかし吹雪く山裾にすでに男の姿は見えない。

はっとして、小屋の床に丸太のように転がっている茂作の元に駆け戻り、抱き起こそうと肩に手を掛けた。茂作はぴくりとも動かなかった。眉や髭にはびっしりと白い霜がつき、肌はどす黒く、頬に触れるとそれは石のようにかちかちに凍り付いていた。巳之吉は今度こそ悲鳴をあげ、そのまま気を失ってしまった。

目が覚めたあと、自分が三日三晩眠り通しだったこと、渡し守が雪に埋もれていた二人を見つけてくれたこと、茂作はやはり死んでしまったことを聞かされた。遺された茂作の女房や子供に合わせる顔がなく、巳之吉は葬式でもただただ黙って俯いていた。

奉公を解かれ、老いた母が一人暮らす家に戻ることになったが、身体が思うように動かず床に伏せる日が続いた。目を閉じると茂作の死に顔とあの美しい男の顔が瞼の裏にちらついて、ろくに眠ることもできない。母はひどく心配し熱心に看病をしてくれたが、それでも、あの夜のことを口に出すことはしなかった。約束だよ……という、あの吹雪の中でもはっきりと聞こえた冷たい冷たい声が、耳から離れなかったからだ。

そうして冬を越し、春が来て、夏が近づくと、ようやく悪い夢も見なくなり巳之吉はすっかり元の調子に戻った。そして茂作の後を継ぐように、木樵の仕事を独りで始めた。

その年の初雪が降った日。離れた村まで薪を売りに行った帰り道で、巳之吉は少し先に旅装束の男が歩いているのに気がついた。

柳の木のようなすらりとした姿をした、背の高い若い男だった。総髪を背中できっちりと結い、上等ではないがよく手入れのされた着物を着ている。何より、溶けた雪でぬかるむ道を滑るように歩くその優雅な身のこなしが目を奪った。大荷物を背負ってがに股で歩く自分とも、里の女たちともまるで違う。こんなひとは今まで見たことがない。巳之吉はもうひとときも男から目が離せなくなってしまって、思い切って足を早めて近付いた。この初心な朴念仁《ぼくねんじん》がそんなことをしようとしたのは、これが初めてだった。

と、その時男がふっと振り返ってこちらを見た。その顔を見て巳之吉は

「あっ」

と言って思わず立ち止まってしまった。男があまりにも、絵に描いたように美しかった

からだ。日焼けどころかしみ一つない真っ白な輝く肌をしていて、唇だけが椿のように赤い。黒檀よりも黒々とした瞳と目が合った瞬間、自分の立っているなんてことない野中の一本道が突然、極楽浄土のようにきらびやかに輝きだした気がした。

「どうしたい、兄《あに》さん。具合でも悪いのかい」

男も立ち止まって、不思議そうに細い首を傾げた。その喋る声までさらさらと澄み切ってきれいなのだ。もうどうすればいいか全く分からず、巳之吉は黙ったまま痙攣するように首を横に振った。だがそんな無様なさまを見ても男は訝るどころか妙に愉しそうに微笑んで、すたすたとすぐ側までやってきたかと思うと巳之吉の目をじいっと覗き込んでこう言った。

「俺は、雪之丞《ゆきのじょう》ってんだ」

「雪之丞……」

「大仰な名だろ。よければ雪と呼んでくれ。あんたは？」

「み、巳之吉」

「ふうん。巳之吉さんか」

男はそこで急にくるりと踵を返し、またすたすたと歩き出してしまった。巳之吉は慌ててあとを追いかける。

「あ、あんたは、この辺の人なのか」

「そっちはどうなんだい。人のこと聞くときは手前の話をまずするもんだぜ」

「お、おれは、この先の村の……村に……住んでる。おっ母と一緒に」

「へぇ」

「木樵をしている。この辺の山には全部入った。ど、どんな木でも伐れる。独り立ちしてる」

自分が何を話しているかもよく分かっていなかったが、とにかく雪之丞——雪と名乗るこの男との話を止めたくなくて、巳之吉は普段動かしていない口を必死に動かした。

「あんたは、何をしてる人なんだ。今まであんたを、この辺で見たことがない」

「俺は見ての通り旅の途中だよ。二親がおっ死んじまってね。継ぐ仕事も無いから、親戚の居る江戸まで行って何か口利きしてもらおうと思ってんだ」

「江戸……」

武蔵国から江戸は遠くはないが、巳之吉は一度も足を踏み入れたことがなかった。なるほどこの美しい男には、こんな泥だらけの田舎より江戸の暮らしのほうがさぞしっくり似合うだろう。しかしそう思った瞬間、突然、胸が焼け火箸を突っ込んだように熱く痛んで巳之吉は再び足を止めてしまった。

「なんだい。またかい。どうしたってんだ」

雪が振り返る。巳之吉は初めて感じる胸の痛みに大きな背中を丸め、それから絞り出すように言った。

「お、おれの家に寄ってくれ！」

「はあ？　あんたの家に？　藪から棒に何の話だ」

「それは、その、長旅で、つ、疲れただろう！　だから、休んでいけ！　おれの家で！」

「そんなでっかい声で喋んなくても聞こえるよ。おかしなひとだね……」

雪は呆れ顔で笑うと、ちょっと考え込むような仕草をしたあと、婀娜《あだ》っぽくしゃくってみせた。

「なら、さっさと案内しとくれよ。正直、歩き通しでうんざりしてたんだ」


巳之吉の家に着くと、母がちょうど夕餉の支度をしていたところだった。雪は挨拶もそこそこに手伝いを申し出ると、まるで何年もそうしていたかのようにこまごまと働き、あっという間に食事の支度を整えた。

囲炉裏を囲んで三人で汁物を啜る。ただそれだけなのに、巳之吉は何故かそわそわと気分が落ち着かず、飯の味もまったく感じることができなかった。

後片付けを終え、母が奥の間で床につくと、巳之吉と雪は二人で囲炉裏ばたでしばらく黙って座っていた。雪はこの寒いのに足を崩して素肌を冷たい床に着け、ぼんやりと熾る火を見つめている。そんな姿もこの上なく美しく、巳之吉の胸はまたわけもなく痛むのだった。

「あの……雪さん」

「雪でいいよ」

「あんたは、その、いるのか。江戸に」

「何がだい」

「誰か、約束したひとが」

雪はじっと巳之吉の顔を見据えた。

「いないよ。俺は独り者だ。あんたは？」

「おれも、いない。誰も」

「そうかい」

雪の目はまた囲炉裏に向けられた。けれどその唇は、微かに微笑んでいるのだった。


翌朝、戸を開けると外は一面真っ白の雪景色になっていた。こんな大雪が降るのはこの時期には珍しいことだった。

「今日は、江戸に発つのか」

巳之吉は強張った顔で、戸口から外を眺めている雪に言った。雪は肩をすくめると「これじゃどうしようもねえ。すまないけど、もう一日世話になれるかい」と返した。巳之吉はほっとして大きく何度も頷き、それから自分の半纏を引っ張り出してきて遠慮する雪に無理くり着せた。

次の日も道は真っ白に埋もれたままだった。巳之吉はまた「今日は、江戸に発つのか」と問い、雪が首を横に振ると黙って大きく頷いた。次の日も、次の日も、同じやり取りを繰り返した。四、五日して天気が続き街道が歩ける程度の塩梅になっても、雪は「もう一日世話になれるかい」と言い、巳之吉は頷いた。同じことがしばらく続いた。

「今日は、江戸に発つのか」

その日も巳之吉は朝一番にそう訊いた。居候の身だから働かせてくれと表で薪を割っていた雪は、とうとう手斧を放り投げ首に巻いていた手ぬぐいをぴしゃっと地面に打ち捨てて、真っ白な頬をわずかに紅くして巳之吉に詰め寄ってきた。

「なんなんだいあんたは毎日毎日！　そんなに俺に出てってほしいならそう言やあいいじゃねえか！」

突然怒鳴られ、巳之吉はびっくりして石のように固まってしまった。目と眉を吊り上げ今まで見たことのない怒りの表情をした雪は胸ぐらを掴まんばかりに迫ってくると、小さい拳でどんと巳之吉の胸を突いた。

「ち、違う。おれは、おれはただ、いつまでここに……居るつもりなのか気になっただけだ」

「だからそりゃどういう意味だよ」

「あんたが、いつここを出ていくのか、今日は居るのか、それが知りたいだけだ」

「へえ。つまりさっさと出ていってほしいってことか」

「違う！　違う、違う。どうしてそう思う。そんなこと、考えてもいない」

巳之吉は哀れにも真っ青になったり真っ赤になったりしながら、おろおろと大きな手を振り回した。

「……じゃ、俺にどうしてほしいんだい。巳之吉さんよ」

上目遣いにじいっと、黒い瞳が巳之吉の目を捉えた。

「それは……それは、言えん」

「なんでだよ」

「おれの、勝手な話だから……」

「言ってみりゃいいじゃねえか」

巳之吉は首を傾げた。雪は舌打ちをし、今度は急に困りきった顔になって縋《すが》るように襟を掴んだ。

「だから、言ってみろよ。あんたが俺にどうしてほしいのかをさ！」

しん、と空気が張り詰め、自分の心の臓の音まで聞こえそうな気さえした。巳之吉は喉を鳴らして唾を飲み込むと、ありったけの勇気を振り絞り雪の瞳を見つめ、口を開いた。

「行くな」

掠れた声で、囁くように絞り出す。

「江戸には行くな。ここに居ろ。この家に。ずっと、おれの家に」

雪は瞬きすると、急に気弱に目線を逸らし、ため息混じりに低く言った。

「……素性も知れん行きずりの流れ者だぜ。悪党だったらどうする。油断したとこを狙って寝首をかいて、一切合切蓄えを奪って逃げちまうつもりかも」

「お前はそんなことはしない」

「どうして分かる」

「知らん。ただ、分かる。雪は雪だ。お前は悪党じゃない。いや、悪党でもいい。おれは、雪に居てほしい。ここに居ろ」

ここに居ろ、ともう一度繰り返す。強く、はっきりと。

すると、雪はふいに巳之吉から離れ薪小屋の中に入り、黙ってするすると着物の帯を解き始めた。

「お、おい、何してる。凍えるぞ」

「そりゃ大変だ。じゃあ……あっためてもらわねえと」

小屋の戸口に寄り掛かり、雪は自分の肩から着物を滑り落とした。真っ白い両腕を広げ、招くように巳之吉に差し出す。

それを見た瞬間、巳之吉はもう頭も身体も煮え立ったようになって、猪のように突き進むと裸の雪をしゃにむに掻き抱いた。

「ちょっ……ちょっと、巳之吉さん。苦しいよ……」

耳元で切なげに訴えられても腕の力が緩められず、ひたすら強く、冷え切っている雪の身体を抱きしめる。雪はしばらくされるがままになっていたが、やがて震えるように熱い息を吐くと、己の一物を巳之吉のそれに押し付けるように腰を使った。

「!」

びくり、と兎か鹿の子のように巳之吉の身体が跳ねた。

「……もしかして、初めてなのかい」

巳之吉は黒く見えるくらいに真っ赤になった。するとその恥ずかしさが伝染ったように雪も頬を染め、照れくさそうに微笑みながら厚い胸に額を擦り付けた。

「いいよ……したいこと、なんでもしてみな。あんたの初めて、全部貰うよ。乱暴したってかまわ……んんっ」

雪の言葉の最後は、喰らいつくように押し当てられた唇に堰き止められた。

それから、言われた通り、巳之吉はしたいことを雪にした。乱暴だけはしなかった。

夢か極楽のような暮らしが始まった。毎日毎日、薪小屋や母が寝たあとの囲炉裏端、春の野原や夏の川べりや秋の落ち葉の中で二人は睦み合った。抱いても抱いてもひとつも飽きるところがなく、いつ触れても初めてそうしたような気にさせる雪の身体に、巳之吉は夢中になった。雪もまた巳之吉を求め、初心だった木樵にさまざまな遣り口を手ほどきし、時に声を漏らさぬよう手拭いや己の袖を噛み締めて歓喜に震え、全身で悦びを伝えた。

また季節が一巡りし、冬。いつも通り独りで山に入り仕事を終えて村に戻る途中、巳之吉は道端の古びた祠《ほこら》から奇妙な声がするのを聞きつけた。おそるおそる近付いてみると、そこには粗末な着物に包まれた、まだ産まれて間もないような赤子が弱々しい泣き声をあげていたのだった。

仕事に行ったはずなのに赤子を連れて帰ってきた巳之吉に、雪は大いに驚いた。急いで湯を沸かし身体を温め重湯を飲ませ、綿入りの半纏に包み直して、冷えぬよう囲炉裏の火を強く熾した。

あぐらをかいた膝の上に赤子を乗せ、巳之吉はほやほやと眠っているその顔をずうっと見つめていた。今までは家に帰れば巳之吉の目は雪から離れることはなかった。雪は鼻白んで舌打ちし、機嫌悪げに巳之吉の肩を小突いた。

「どうすんだよその赤ん坊。あんた、嫁もいないのに親父にでもなるつもりかい」

「そうだ。おれだけじゃあない。雪、お前もだ」

「俺も?」

雪がぽかんと口を開けた。

「この赤ん坊はおれと雪の子だ。そのつもりで拾ってきた。おれは嫁なんぞいらん。お前がいればいい。おれがお前の亭主で、おれの亭主はお前だ。それで倅《せがれ》のこいつを育てる。……いやか」

雪の切れ長の瞳が、今まで無いくらいにまんまるく見開かれた。巳之吉は急に不安になり、いやなのか、ともう一度言う。雪は急いで頭を左右に振って、俯いて、それから小さく鼻を啜った。

「いやなもんか。……いやなもんか」

そう繰り返すと、巳之吉に身体を寄せ、こわごわと赤ん坊に触れた。

「巳之吉さん。俺、赤ん坊なんて初めて触るよ……いいおっ父《と》うになれるかな」

「なれる。お前は正直だし働きもんだ」

「……抱いていいかい、俺も」

巳之吉は頷いて、赤ん坊をそっと雪の腕に渡した。雪はぎゅっと唇を引き結んで、息をするのも忘れたように、微かに潤んだ目でじっと赤ん坊の顔を見つめた。

「ちっちゃくて軽いや……」

巳之吉は雪の肩を抱き、共に赤ん坊の紅い頬をつついたり、まだ薄い頭の毛を撫でたりした。そうしているうちに、まるで本当に雪の胎から産まれた子のような気持ちになって、柄にもなく目頭が熱くなるのだった。

この赤ん坊は天からの授かりものだ。生きていてよかった。雪も赤ん坊も自分の生涯の宝だ。一生大事にする――。そう、巳之吉は強く強く心に誓った。

赤ん坊は銀太と名付けられ、すくすく大きくなった。雪の世話っぷりは乳母にも負けぬ細やかさで、巳之吉の母も驚くほどだった。実際雪はよく働いた。家の事ならなんでも器用にこなしたし、細身に似合わぬ力で巳之吉の木樵仕事を手伝うこともあった。母はすっかり雪を気に入って、もうひとりの倅として巳之吉と別け隔てないくらいの情をかけた。

その母もいよいよ老いて床に着くようになり、世話も家のことも一切を雪が受け持つようになったが、それでも一筋ほどのやつれも見せず、不思議なことにますます輝くように美しさを増していった。それから何年かのち、母は寝たきりのましっかりと雪の手を握り、感謝の言葉を口にしてからみまかった。

母の死を巳之吉は当然嘆いたが、しかし雪と銀太が側に居る暮らしはその悲しみをよくよく癒やしてくれた。着物などは雪がそっくりそのまま引き継ぎ、仕立て直して自分や銀太のよそいきにした。

銀太が寝たあとの夜、巳之吉は囲炉裏端でぼんやりと、行灯の灯りで針仕事をしている雪の横顔を見つめていた。真剣に手元を見ているその顔は巳之吉に向ける笑顔や蕩けた顔とは違い、どこか冷たいような不思議な印象がある。そして巳之吉は、ふと頭で思ったことを何の気はなく声に出した。

「――似てるな」

雪の手が止まった。

「何か言ったかい」

「ああ、いや、お前が、あるひとに似て見えて」

「へえ……初めて聞く話だね。どこの誰だい、そのあるひとってのは」

雪は手を止めたまま、じっと動かずそう言った。巳之吉はあの十八の冬に起きた恐ろしい出来事、渡し守の小屋で茂作と自分の目の前に現れた男のことを語った。

「寒さで幻でも見たんだろうな。でも、幻でもあんなにきれいな男は、お前とあの夜の男以外に見たことがない。思い出すとよく似ている……今まで気付かなかったのが不思議なくらいだ」

するとと突然、雪はすっくと立ち上がると、手にしていた縫いかけの着物を囲炉裏に叩き込んだ。ぱっと灰と火の粉が巻き上がり、辺りがもうもうと白く烟《けぶ》る。

「おい雪、何を――」

「なんでだよ――なんでだよ、巳之吉さん。あんた約束したじゃねえか。俺と約束したじゃねえか！」

雪は両の手のひらで顔を覆うと、甲高い悲鳴をあげた。と、突然行灯の明かりが消え、部屋の戸が外に吹き込んだ。冷たい風と雪がなだれ込んで、刃のように巳之吉の肌を刺す。

悲鳴のように聞こえたのは、荒れ狂う風の音だった。あの、渡し守の小屋で聞いたのと同じ。

「雪……お前……」

雪はすうっと立ち上がると、いつも必ず結っていた髪を巳之吉の前で初めて解いた。風に煽られ、それは怒り狂う蜘蛛の脚のように広がり、今にも襲いかからんばかりに蠢《うごめ》き出す。

「よくも約束を違えたな——決して誰にも言わぬと誓った話を口に出したな！」

地響きのような恐ろしい声色だった。風の音に負けぬ音聲《おんじょう》だった。

「あんたを殺らなきゃならねえ。今すぐ殺らなきゃならねえ。でも……でも無理だ。あんたは俺を人の子の親にしちまった。俺を！　俺を人の親に！　なんてことを！　巳之吉さん……恨むぜ。あんたを恨むよ。でも銀太からあんたを奪うことはできない。俺にはできねえ。あいつは俺の子だ。俺たちの子だ！　ああ……くそっ、馬鹿だ。馬鹿な男だよ。やっぱりあのとき、最初に会ったあんときにさっさと殺しておきゃあ……！」

風が鳴いた。雪の目から、きらきらと白い光が溢れて砕けて散らばっていく。巳之吉はわけも分からず身体を震わせながら、荒れ狂う風の中、雪に手を伸ばす。しかし雪は一度ぎゅっと目を瞑ると、突然凍り付いたような恐ろしい貌——あの夜と同じ貌になり、冷え冷えとした眼差しで巳之吉を見下ろした。

「――さよならだよ、巳之吉さん」

「雪！」

巳之吉は縋るように雪の足首を掴んだ。だがそれは霜を掴んだようにあっけなく小さく砕け、風に流れて消えていってしまう。

「銀太の面倒を見るんだ。あの子になんかあったら、今度こそあんたを殺す。俺にはちゃあんと分かるんだ……離れてたって……あんたのことなら……」

さらさらと、粉雪が風に運ばれるように、雪の身体が次第に崩れていく。

「駄目だ、駄目だ。行くな雪。行くな！　雪！」

巳之吉の手は空を掴んだ。後にはもう、風の一筋も残っていなかった。

何もかもが終わり、何もかもが遅く、何もかもが消え去った。

それきり雪は、二度と姿を現さなかった。

「おいら、死ぬのは怖くねえんだ……嘘じゃねえ。ほんとだぜ」

掠れた声に頷いてやると、白くひび割れた唇がにやりと笑った。

「切った張ったの今生よ……畳の上で死ねるなんざありがてえくれえだ。でもよ兄貴。ひとつだけ、ひとつだけ心残りがあるんだよ」

佐吉の逞しかった腕は、今や病に蝕まれ枯れ枝のように痩せ細っていた。長治はその手を握り締める。江戸に居を構える極道、長治一家の一の子分、匕首《あいくち》の佐吉の命は今まさに終わろうとしていた。

「なんだい、言ってみな」

「おいらが死んだら、兄貴はまたきっと他の誰かを舎弟にするだろ。そいつと盃交わすだろ。な。誰を選ぶんだい。定吉かい。それとも政かい」

光る目がじっと長治を見据える。そこだけは依然ぎらぎらと生気に満ちていて、まるで残りの命の火を全て使い尽くそうとしているように見え、長治は密かに唾を飲み込んだ。

契り（破約）

「つまらねえことをぬかすんじゃねえ。この長治が兄弟と決めた男は佐吉、おめえだけよ。他の誰にも、二度と兄貴とは呼ばせねえ」

「ほんとかい……信じていいのかい」

「俺がおめえに嘘ついたこと、今まで一度だってあったかね」

外し忘れの風鈴が、軒下でちりんと鳴った。

――何考えてんだ、兄貴。やくざの家に風鈴なんて似合わねえよ。

それを買ってきたときのことを思い出す。夏の始まりにはそんな減らず口を言う元気もまだあった。長治は文句を垂れる佐吉に答えずに、その寝床から一番見えいい場所に風鈴を吊るした。お天道様も祭りの賑わいも見えない部屋の中で、この風鈴だけが佐吉にとって最後の夏になるのを、長治はその時すでに知っていた。

「兄貴。おいら、今まで生きててこんなに嬉しいことはねえ。長治親分の唯一人の兄弟分になれたのを、冥土で鬼に自慢させてもらうよ」

「そんな弱音を吐くんじゃねえ。医者だって治る見込みはあると言ってたじゃねえか」

「手前のことは手前が一番分かってら。おいらはもう長くはねえ。今日明日だろうよ。分かるんだ、兄貴。分かるんだよ」

弱々しい力で、枯れた手が長治の手を握り返した。

「おいらが死んだら、墓はここの庭に建ててくれるかい」

「ああ、お前がそうしたいんならそうしてやる。立派な墓石も買ってやる」

「そんなもんはいらねえよ。ただ……埋める時にはあの軒下の風鈴を持たせてもらいてえ」

「風鈴を？　なんだってまた、そんなもんを」

佐吉はまた笑おうとしたようだが、唇が震えて歪んだだけだった。やくざ者とは思えない、子供のように朗らかに笑う男だったのに、病はその笑みまでも奪おうとしていた。

兄弟分の盃を交わした日のことが、長治の胸にありありと蘇る。まだふたりとも、今よりもっと若かった。長治は親分ではなく、佐吉はちんぴらですらなかった。こんな立派な家屋敷ではないおんぼろ長屋の隅っこで、ひび割れた盃に安い酒を注いで、互いに酌み交わし、夜明けまでただお互いの目を見て酒を飲み続けた。

これは俺の男だ――長治はそのとき、心からそう理解した。思った、や考えた、ではない。腑に落ちたのだ。閻魔様の裁きを受けるその日まで、互いの背中を預け合う、一生に一度の男。それと出会った。佐吉の肚も同じなのは手に取るように分かった。

――俺はおめえ、おめえは俺よ。分かるか、佐吉。

――分かるよ。兄貴はおいら、おいらは兄貴だ。

一も二もない。盃を放り出し、犬の喧嘩のように飛び付き組み合って、帯を着物を褌を引き千切り、互いを喰らうように抱き合った。何の支度も無かったが、長治は佐吉の股を問答無用で割り開いた。

——ちくっと痛てえぞ。我慢しな。

——かまうもんか、さっさと寄越せよ。兄貴がくれるもんだったら、なんでも欲しいよ。痛いもんも苦しいもんも……。

あのときも夏だった。長屋のどこかで風鈴が鳴っていた。水を被ったように流れる汗と滲む血と、時折笑うように喘ぐ佐吉の声に頭がくらくらした。暑かった。熱かった。精も根も尽き果てるまで抱いて抱いて抱きまくって、二人分の腎水《精液》と涎とにまみれたまま丸一日眠り続けた。次の日目が覚めてから今日まで、二人は一日と互いの側を離れたことがない。

「兄貴よ……あんたほんとに、おいらに善くしてくれたよな」

「なんでえ急に、気色の悪い」

「言っただろ、もう逝っちまいそうだ。最後にしおらしい顔くらいさせてくれよ」

「馬鹿野郎……」

堪えきれず、長治は佐吉の身体を掻き抱いた。それはあの夏の日に抱いた男と同じ人間とは思えぬほど、薄く、儚く、脆かった。

「ああ、幸せだ。おいら、あんたの唯一人の男として逝ける。地獄で物見遊山して待ってるからよ、うんと遅く来てくれよな。うんと遅くだぜ。すぐ来ちゃだめだぜ、兄貴……」

そう言うと、まるで眠るように静かに、佐吉は長治の腕の中で死んだ。

長治は約束通り、屋敷の庭に佐吉の墓を建てた。軒先の風鈴を手に握らせ棺桶に入れ、立派な葬式をあげて手厚く兄弟分を葬った。生前は肌身離さず持っていた匕首を形見として譲り受け、同じように常に懐に仕舞うようになった。

背中を預けた男が居なくなったのは、文字通り右腕をもがれたような苦しみだった。しかし長治には一家を率いる責がある。少しでも弱気を見せれば背中から討たれるのが渡世《とせい》人《にん》の常だ。喧嘩上等で有名だった懐刀の佐吉がとうとう死んだと聞いて、縄張り荒らしが騒がしくなってきた。

長治は自ら子分を引き連れ修羅場に出向き、楯突く相手は啖呵も言わせず斬って捨てた。その場に居合わせれば女子供も容赦なく殺した。長治親分は鬼になった——子分も近所の堅気衆も、すっかり阿修羅のような顔付きになった長治を恐れ、遠巻きにした。

そんなある日の事だった。佐吉と同じくらい古参の子分だった賭場の政が、一人の若い衆を連れてきた。まだ小僧っ子と言っていい年頃だったが、勘の良さそうな面構えをしている。五郎というその若い衆は政の遠縁で、江戸で一旗揚げて男になりたいと田舎から出てきたのだという。

「親分、もう長いこと屋敷に飯炊き女すら入れていないと聞きやしたぜ。一家の親分が小間使いもなしのやもめ暮らしじゃ外聞が悪りい。この五郎ならどんなに扱き使っても文句は言わねえですから、どうか下働きにしてやってくだせえ」

長治はそれを拒んだが、政の食い下がりと、「どうか使ってやってください！」と土間に膝をついた五郎の意気に負けて、とうとう家に入れてやることにした。

実際、五郎はよく働いた。余計な詮索や無駄口を叩かないのも気に入った。ただ、朝に夕に寝所から佐吉の墓を見るたびに、長治の胸は微かに痛んだ。何も疚《やま》しいことはないはずなのに。

血なまぐさい日々はその後も続いた。五郎は出入りに自分も連れて行ってほしいと何度か頼み込んできたが、餓鬼の遊びじゃねえと突っぱねた。それでも毎日玄関先できちんと座って犬の仔のように主を待つ姿に、次第に長治の顔も阿修羅から人に引き戻されていった。渡世人に本気で憧れているのか、歩き方から箸の使い方までこっそり長治を真似ようとしている姿は見ていてくすぐったい。出会ったばかりの佐吉も、やたらと長治の真似をしたがったのを思い出した。

ある晩、長治は珍しく酒を少し過越《すご》してしまった。ふらつきながら酔い覚ましに人気のない通りを歩いていると、ひたひたと足音が背中から迫ってくるのに気が付いた。

拙《まず》ったな、と思い懐の匕首に手を伸ばす。相手は一人。荒い鼻息が闇夜に紛れて聞こえてきた。

「ち、長治だな」

気付かれたのを悟ったのか、震える声がそう呼んだ。

「だったらなんでえ」

「女房の敵だ。い、命を貰う」

振り向くと、やつれた顔をした職人風の男が一人、切っ先の四角い蛸引包丁を持って立っていた。

「そんな得物じゃ刺すも斬るもおぼつかねえぜ。俺ぁ刺し身じゃねえんだ。てんで素人だな、あんた」

鼻で笑って懐の匕首を取り出す。普通ならそれで怖気づいて逃げる者が大半だが、男はどうやら本気のようだった。上ずった声をあげ、包丁を構えてまっすぐに突進してくる。難なく躱して仕留めてやろうと思ったが、足がもつれた。しまった、と思う間もなく蛸引の薄い刃が長治の肩を撫で着物を切り裂きぱっと血飛沫が上がった。

「死ねえ!」

体当たりされ、長治は地面にもんどり打った。陰る月を背に男が涙を流しながら包丁を振りかぶるのが見える。

(こんなつまらねえ男に殺られるのか)

ふっと、佐吉の顔が浮かんだ。

(悪いな、早々におめえの面を拝みに行くことになりそうだ)

そのとき、男の身体がぐらりと傾いだ。

「親分！」

五郎の声だった。地面からぱっと火の手があがる。放り出された提灯が燃えていた。

「五郎……」

五郎の両手には血の着いた大きな石が握られていた。足元には、熟れすぎて割れた西瓜のようになった蛸引き包丁の男が転がっていた。

五郎の手を掴み、人目に付く前に急いで屋敷に戻った。灯りは点けず、暗い部屋の中でただ黙って座る。荒い息の音だけが、しばらく響いた。

「……申し訳ございやせん」

「何を謝る。俺はただ謝られるのは好きじゃねえ。理由を言いな」

「……親分の帰りが遅いんで、迎えに行こうと……そしたら、ああなってて……」

「俺は餓鬼か。それともおぼこ娘か」

「すいやせん……」

長治は溜息を吐いた。暗闇に目が慣れて、ぎゅっと身体を縮めて申し訳なさそうにしている五郎の顔もよく見える。それこそおぼこ娘のような面をしているが、一撃で男を仕留めたあの動きに迷いはなかった。

「何が欲しい」

「は」

「命を助けられたのには違げえねえ。俺は貰った礼は返す男だ。欲しいもんがあんなら言いな。なんでもいい」

「い、いや、おいらは当然のことをしただけで、礼だなんてそんな」

「同じことを二度言わすんじゃねえ」

「……はい」

五郎はしばらく考え込んでいたが、やがて意を決したように顔を上げた。

「兄貴と呼ばせてくだせえ」

「な……」

長治は息を呑んだ。

「物や金はなんにもいらねえ。粟の一粒だっていらねえです。ただ、長治親分を兄貴と思っていいですか。おいらが望むのは、それだけです」

男に二言はない。それを破れば渡世人の面子は無くなる。

しかし、長治の耳の奥で微かに風鈴の音が鳴る。佐吉との約束が蘇る。

だが最後には、長治は面子を選んだ。


子分と認めた男にいつまでも下働きはさせられない。長治は新たに顔なじみの老婆を下女に雇い、五郎を正式に一家に入れた。住む場所もどこかの長屋に都合してやるつもりだったが、「もう少しだけ兄貴の側で男を学びてえ」と食い下がるので、まだ同じ屋根の下に暮らしている。長治の命を狙った男を殴り殺した忠義の極道として、五郎の名も次第に渡世人の間に知れるようになってきた。

「兄貴！」

そう呼ぶのを許した日から、五郎はますます長治に心酔し、熱っぽい眼差しで見るのを隠しもしなくなった。長治も正直悪い気はしなかった。最初のうちは疚しさや申し訳無さを感じることもあったが、次第に五郎が側にいる暮らしが当たり前になっていった。見込んだ通り、五郎は度胸もあるし頭の出来も悪くない。腕っぷしもなかなかのものだった。あとは場数さえ踏めば、いずれいっぱしの渡世人になるのは間違いなかった。


そんなある日、長治は古馴染みの家に遊びに出かけ、話も酒も弾んだのでそのまま一晩泊まり込んだ。しかし次の日の夕刻に家に戻ると、様子がおかしい。庭に入ると、屋敷中の窓から灯りが漏れているのだ。

「五郎、どうした。なんでえあちこち行灯光らせて。油がもったいねえだろう。誰か客でも来てんのか」

「破門してくだせえ」

玄関の上がり框《かまち》に正座して、五郎は平べったくなるくらいに頭を床に擦りつけていた。

「おい、なんだってんだ。何の話だ。破門だ？　つまらねえ冗談を言うんじゃねえ。そこを退きな。中に入れねえじゃねえか」

押し退けて部屋に入ると、五郎も後から着いてきた。その顔を見てぎょっとする。血の気を無くし真っ青になっていて、瘧《おこり》のように震えているのだ。

「お願いしやす。どうかおいらを、なんにも言わずに破門にしてくだせえ」

「おい、どういう了見だ。ついこの前子分にしてくれと言ってきたばかりじゃねえか。てめえ、この稼業をなめてかかってんのか」

どすを効かせて怒鳴ったが、五郎は破門にしてくれと木偶のように繰り返すばかりだ。

「一家に一人加えるってのは生半可なことじゃねえ。俺はおめえを子分にする価値があると信じたから盃をやったんだ。破門も同じだ。頼まれたからと理由もなしにホイホイ請け負えるか。おめえは一家の名に、俺の名前に傷を付けてえのか」

詰め寄ると、五郎は崩れ落ちるように床に膝を着いた。

「決して……決してそんなことは……兄貴と一家の名に傷を付けるようなことは……」

「なら理由を言いな。まっとうなわけがあるなら、聞いてやろうじゃねえか」

五郎は額に浮いた汗を袖でしきりに拭い、辺りを覗い、密談をするように小さな声で喋りだした。

昨日の晩、五郎は主のいない家でいつも通り眠りについた。しかしうとうとしはじめたところ、どこからか妙な音が聞こえてきた。

ちりん
ちりん

それは鈴のような音だった。巡礼か虚無僧でもうろついているのかと思い気にせずまた布団を被ったが、音はどんどん大きく、どんどん近づいてくる。

ちりん

とうとう、耳の一寸先で大きく鳴らされ、五郎は悲鳴をあげて飛び起きた。

そして、見てはならないものを見た。

枕元、見上げてすぐのところに、見たことのない小さな風鈴がぶら下がっていた。戸締まりはしたはずなのにどこからか風が吹いて、それがちりん、と鳴った。

風は、魚の腸が腐ったようなひどい臭いをしていた。次第に、雲が晴れて月が見えるように、風鈴を持った手とその先の腕、胴体、顔が暗闇の中に浮かび上がった。

その姿を見て五郎は布団の上にげろを吐いた。恐怖のあまりに吐いた。

それは汚れた経帷子《きようかたびら》を着ていて、指にも腕にも、そして顔にも、腐って溶けた肉がへばりつきぶら下がっていた。目玉のあるべき場所はぽっかりと真っ黒い穴が開いているだけ。なのに五郎ははっきりとそれに睨みつけられているのが分かった。

『出ていけ……』

それが喋った。開いた顎の中も真っ黒で舌も見えなかったが、それでもはっきりと喋った。

『この家から出ていけ……兄貴の一家から出ていけ……そこはてめえの居場所じゃねえ……誰にもなんにも言わずにすぐにここを出て行け……誰かに……あの人にも……何か言ったらてめえを八つ裂きにしてやる……』

骨の見える腐った手が、五郎に迫った。

その瞬間、あまりの恐ろしさに気を失ってしまい、起きたらすっかり朝になっていたのだという。

長治は腕を組んでじっと話を聞いていた。そのこめかみにうっすらと汗が浮く。

「それは……何か悪い夢でも見たんだろうよ。食あたりかなんかして、それで妙な夢を見たんだろ。よくあることよ」

そういなそうとしたが、五郎はきっぱりと頭を振って食い下がった。

「あれは絶対に夢なんかじゃあねえです。おいらは確かにこの目で見ました。この耳で聞きました。誰にも言うなという言いつけを破っちまった以上、本当に八つ裂きにされるかもしれやせん……兄貴、頼みます、どうか破門にしてくだせえ……！」

平身低頭する五郎を前に、長治の背筋に寒気が走った。

「……よし、そんなら今夜は俺が一緒の部屋に寝ておめえの言うことを確かめてやる。その経帷子の男がほんとに出たら、俺がお前を守ってやる。それならどうだ？」

五郎はそれでも青い顔をしていたが、やがて長治の話に頷いた。

寝所に二つ並べて布団を敷かせ、長治はその上であぐらをかいて酒を煽った。利き手は懐の中に入れ、匕首をしっかと握っている。佐吉の形見の匕首だ。

五郎の話を真実と全て信じたわけではなかった。しかし本当に佐吉の幽霊が現れたなら、それを説き伏せられるのは自分しかいないのも分かっていた。佐吉は約束を違えた長治に怒っているのだ。

五郎は部屋を暗くするのを赤ん坊のように怖がったが、無理やり布団に突っ込んで寝かせ、灯りを全て消した。

どれほどの時間が経ったろうか。あぐらをかいたまま、いつしか長治もうとうとと船を漕いでいた。

そこに、奇妙な音が聞こえてきた。

ちりん

「あ、兄貴!」

五郎がすぐさま飛び起きた。

「馬鹿野郎、じっとしてな。静かに、音を立てるんじゃねぇ」

制する長治の声も震えていた。障子にぼんやりと人影が浮かび上がる。

「き、来た! やっぱり化物だ! 本物だ!」

「黙れっ!」

長治は匕首を抜いて立ち上がろうとした。しかし、動かない。足も、手も、指の一本も、毛筋ほども動かすことができない。まるで見えない巨大な手にぎゅっと全身を縛《いまし》められているようだ。

「兄貴!」

それは間違いなく、あの懐かしい風鈴の音だった。ぴくりとも動けないまま、長治はだらだらと汗を流しその音のする方を見据えた。静かに障子が開き、どっと生臭く黴臭い風が流れ込んできた。

『違えたな……約束を……違えたな……』

嗄れ軋むような声だったが、それが佐吉の声なのははっきり分かった。

（佐吉）

長治は必死に口を開こうとするが、動かない。舌まで凍りつき、喉で呻くことすらできない。

「兄貴！　助けてくだせえ！　兄貴ぃ！」

五郎は布団の上で腰を抜かしへたりこんでいた。そこにゆっくりと、ゆっくりと佐吉が近づいて行く。

（やめろ、佐吉、やめやがれ。墓場に帰れ。何考えてやがる！）

『違えたな……約束を……あんなに誓ったのに……』

経帷子を着た佐吉の亡霊は、まるで長治など目に入っていないようにまっすぐ五郎の前に立つと、両手でがしっとその頭を掴んだ。

「ひぃいいぃぃ！」

甲高い悲鳴が上がった。

（やめろ、佐吉、やめろ！　逃げろ五郎！）

佐吉の手がゆっくりと、石臼を回すように、五郎の頭を回した。ごきりと厭な音がして、悲鳴が止んだ。

長治は思わず目を閉じようとしたが、それも叶わなかった。眼の前で、佐吉は五郎の頭を回し続ける。布団の上に投げ出された手足がびくびくと暴れ、やがて動かなくなった。

ねじ回された五郎の顔が一周し、再び長治の方を向いた。舌がだらりと垂れ下がり、口から血が溢れ、白目を剝いて事切れていた。それでも佐吉は首を回し続け――やがて血飛沫を迸らせながら、五郎の胴と首はねじ切られてしまった。

(何てことをしやがる。そいつは何も悪くねえ。ただの若造じゃあねえか!)

胸の内で必死に怒鳴る。両の目から涙が溢れ、浴びた返り血と混ざり合いぼたぼたと布団に流れ落ちた。

そこで初めて、佐吉は長治に気付いたように、くるりと顔をそちらに向けた。

(なんで五郎を殺した! 殺したいのは俺だろうが。おめえとの約束を違えたのは俺だ。この俺だ! 殺すなら俺を殺しやがれ!)

涙を流しながら長治は胸の中で叫び続けた。

すると、佐吉は腐った口を大きく開いて、げらげらと背を仰け反らせ楽しそうに嗤いだした。

『兄貴、それは兄貴の思うところだろ。おいらは違うよ。そうは考えねえ』

その刹那、長治を縛り付けていた力がふっと解けた。

「てめえ!」

すぐさま匕首を抜き躍り掛り、長治は佐吉の心の臓を一息に刺し貫いた。

嗤いが止まり、目玉のない目がじっと長治を見つめた。最期の日のように。

『待ってるぜ、兄貴。うんと遅く来てくれよな。うんと遅くだぜ……』

そう言うなり、佐吉の身体はばらばらと骨の一本一本が砕けて、その場に崩れ落ちた。

夜が明けた。

差し込む朝日の中に、苦悶の顔で目を見開いている五郎の生首と、土に汚れた風鈴が、静かに並んで転がっていた。

男の友情（鮫人《こうじん》の感謝）

男の友情ほど尊いものはない。俺は心からそう思っている。なぜなら、ある男の篤い友情がなければ、俺は今ごろ独り寂しく老いて早死していたはずだからだ。あいつにはいくら感謝してもし足りない。

今、俺の目の前では愛する女房が産まれたばかりの赤子に乳をやっている。この愛おしく美しい光景も、あの男の友情がなければ手に入らなかった。毎日毎日、庭の池を見るたび俺はあいつを思い出す。奇妙でふざけたやつだったが、あんなに気のいい男には、もう今生では二度と出会えないだろう。

あいつと出会ったのは、かれこれ三年ほど前になるか。天気がいい、風の冷たい日だった。俺は一人で瀬田の長橋を渡っていたのだが、橋の半ばほどまで歩いたところで突然奇妙なものが目に飛び込んできた。欄干に引っかかるようにして、何か大きな塊がうごめいていたのだ。

おっかなびっくり近付いてみると、そいつはなんと人の形をしていた。けれど頭のてっぺんから爪先までぬるぬるしていて、毛が一本もない禿頭に目がぎょろりと大きくて、さらに長ぁい髭が顔の両脇からちょろりと垂れていて、まあ、ぎょっとするような醜い生き物だった。まるで人に化けそこなった大ナマズだ。これは妖怪か祟り神かなんかに違いないと思ってすぐさま立ち去ろうとしたんだが、よく見ると、そのナマズ男の緑色の眼はひどく頼りなく悲しげで、えらく落ち込んでいる風だった。それに気がつくとどうにも哀れに思えてしまって、同情の気持ちが湧いてきたんだ。俺は人を見る目には自信がある。このナマズ男が悪い奴じゃあないというのはピンときて分かった。なので勇気を出して近付いてみたのさ。

「大丈夫かい。こんな所で何をしてるんだ?」

俺が声を掛けるとあいつはびっくりした顔をして、それから急に居住まいを正してこう言った。

「私は鮫人と申します。この琵琶湖の底の八大龍王のお城で下男をしておりました。しかしひどいへまをして城を追い出され、こうして食べるものも住む場所もなく途方に暮れているところでございます。こんな立派な身なりの人間の旦那様にお声がけいただくとは、何でも天もまだ私を見捨てていない証でありましょうか。旦那様、私を哀れとお思いなら、何でも結構です、何かお恵みをいただけないでしょうか。どうか、どうか……」

大きな身体を申し訳なさそうに縮こめて、今にも地面に頭を擦りつけて土下座せんばかりの様子だった。なるほど、見た目は怖いが気の小さい、優しい男のようだ。鮫人と名乗るそいつがあまりに哀れっぽく俺を見つめるので、こうなったのも何かの縁だ、手助けしてやらにゃなるまいと思った。

するとすぐにいい考えが頭に浮かんだ。俺はこういうことがちょくちょくあるんだ。思いついたら即実行。ぺこぺこと頭を下げる鮫人に、こう言った。

「ここからそう遠くない所に俺の家がある。庭に大きくて深い池があるから、そこに好きなだけ居るといい。うまい食べ物もどっさりやるよ。どうだい?」

俺の申し出を聞くと、鮫人は緑の目を見開いてもう泣き出さんばかりに喜んで、よろよろしながら俺の後に必死に着いてきた。かわいそうに、随分な苦労をしてきたに違いない。俺は出会ったばかりの鮫人にもうすっかり親愛の情を抱いていた。男の友情ってのは、そういうところがあるだろう? 互いの素性をよく知らなくても、ぺちゃくちゃ言葉を交さなくても、絆を感じる相手というのは分かるんだ。男同士だけが分かる感覚かもしれないな。そういうものさ。

家の池に案内してやると、鮫人は喜び勇んで中に入りゆうゆうと泳ぎ回った。その姿があまりに奇妙なもんで俺は大笑いしてしまった。だってほんとにでっかいナマズみたいなんだ。ともあれ、鮫人はこうして俺の家に住まうことになった。食い物は小魚とか苔の塊とか、魚が食いそうなものは何でも食った。

日に何度か桶に入れた食い物を池のほとりまで持っていくとき、俺はしばらく鮫人の話し相手になってやった。一人きりで池にいるのも寂しいもんだろうと思ってさ。鮫人は本当に琵琶湖の底で暮らしていたらしく、陸のことはほとんど何も知らなかった。だから俺はいろいろ教えてやることにしたんだ。あいつは目を輝かせて俺の話を熱心に聞いていた。姿形は違えど、まるで弟ができたみたいな気分になって俺は嬉しかった。

そうこうしているうちに、運命のあの日がやってきた。

その日、俺は大津の三井寺という大きな寺に出掛けていったんだ。そこは毎年七月半ばに女人詣があって、遠い町からも女たちがわんさか集まってくる。俺はその時独身だったから、女房にするのにいい娘でもいないかと見物に向かったわけだ。そうしたら、とんでもない娘と出会ってしまった。

その瞬間のことは、今もはっきり覚えてる。小さくて、真っ白い顔をして、まるで梅の花が人間に化けたみたいな女だった。声もまるで梅に止まる鶯のように軽やかで耳に心地よくて、何よりたいそう若くて素晴らしく愛らしい顔をしていた。ひと目でその娘にまいってしまって、何が何でも娶《めと》らなきゃならない、これは運命の出会いだとすぐピンときた。

娘はお付きのばあやを連れていて、着ているものもなかなか豪勢だった。居ても経ってもいられずに寺から出ていく二人の後をつけると、近くの村に二、三日逗留しているのが分かった。俺は村人に聞いて回り、あの素晴らしい娘が何者なのか知ろうとした。

すると、いいことと悪いことが一つずつ分かった。まずいいことは、彼女が独身なこと。悪いことは、彼女の家族がとんでもない業突く張りで、宝玉一万個を結納の品に持ってこられる男でないと娘を渡さないと公言しているということだった。

宝玉一万個というのはあまりに埒外な結納品だ。この国にあるお宝全部集めたってそんな数にはならないだろう。その半分だって、俺にはとうてい集められない。しかし宝玉がなければあの娘を娶ることはできないのだ。俺はもう辛くて辛くて、大津から家に帰るなりばたりと倒れ大熱を出して寝込んでしまった。

苦しい熱の間にも、浮かぶのはあの娘の横顔ばかり。あの娘の笑い声ばかり。何を飲み食いしても味がしないし、そのうち喉を通らなくなった。まるで呪いをかけられたみたいだ。俺は床から頭も上げられないくらい弱ってしまった。ひどい熱が出たかと思うと凍えそうなくらい寒気がして、胸や腹がキリキリ痛む。昼間は手伝いの者が看病してくれるが、夜の間は一人きりでこの苦しみに耐えなくちゃならない。地獄のようだった。

ある夜、俺は汗で冷たく湿った布団の上で苦しみ悶えていた。よく覚えていないがうなされていたのかもしれない。ただひと目、もう一度あの娘に会いたいと思いながら胸を掻き毟っていた。

すると、部屋の襖がすうっと開いて、ぺたぺたと奇妙な足音が近付いてきた。鮫人だった。鮫人はなんにも言わずに枕元にすっと座ると、桶に入っていた手ぬぐいを濡らして絞って、額の脂汗を拭ってくれた。そして蛙の腹のようなぺったりした感触の手を、額に当てた。少し薄気味悪く感じたが、その手はひんやりと冷たくて、熱にうかされた頭にはとても心地が良かった。俺はそのまま、気を失うように寝てしまった。

次の日もその次の日も、鮫人は日が落ちると使用人の代わりに看病をしてくれるようになった。あのぺたっとした手を当てられると、熱が嘘のように引いて楽になるのだ。そんな時、あいつの緑色の目はじっと俺を見つめていた。おそらくあれは、命の恩人である俺に恩返しをしてくれていたのだと思う。あいつは本当に義に篤い男だったんだ。

だがそんな看病も虚しく、具合いはどんどん悪くなっていった。とうとう医者を呼ぶことになったが、怪我や病気は治せても叶わぬ恋で罹った心の病は治せないとかなんとかぬかして、簡単に匙を投げられてしまった。

俺はいよいよ覚悟を決めた。どのみち、あの娘を女房にできないのなら生きていたってしょうがない。あの娘に焦がれ死にをするのだ。それも仕方ないと思うほど、瞼の裏のあの横顔は美しかった。しかし、心残りは鮫人のことだ。俺が死んでこの屋敷が人手に渡ったら、あいつは池から追い出されてしまうだろう。またひとりぼっちになってしまうだろう……。

日が暮れて、いつものように鮫人が部屋に入ってきた。俺は霞む目をしばたかせて、なんとかあいつの顔をしっかり見てやろうとした。

「鮫人よ、俺はこの通りすっかり病に蝕まれてしまった。もう明日のお天道さまも拝めるかどうか分からない。最早この命に未練はないが、心配なのはお前のことだ。俺が居なくなったらまたお前も苦労するだろう。この世というのはままならんものだ。どうか、俺が死んでも心を強く持って生きておくれ」

最期の言葉のつもりでそう言うと、黙って聞いていた鮫人の目が潤みだし、旦那様が居なくなったら私も生きてはいけません、と獣のような叫び声をあげ、わあわあと泣き始めた。そのあまりの悲嘆に思わず貰い泣きをしそうになったが、その時、とんでもない事に気づいた。

鮫人の緑色の目からこぼれ落ちた大粒の涙が次々と固まり、小石のように畳の上をころころと転がっているのだ。震える手でそれをつまんでよく見ると、それは間違いなく、透き通って赤く輝く上等な紅玉だった。鮫人が泣けば泣くほど、その宝玉はぼろぼろとこぼれ畳の上を真っ赤に染めていく。

飛び起きて鮫人の肩を抱いた。俺がいきなり元気になって驚いたのか鮫人の涙はぴたりと止まってしまったが、急いで事情を説明した。この涙があればあの娘を娶ることができること。そうすればこの恋煩いもすっかり治ってしまうことを。

だが鮫人のやつはきょとんとして、「旦那様が死なないのでしたらもう泣けません」などと言い出した。畳の上の紅玉を掻き集めても一万には程遠い。俺は困ってまた具合が悪くなってきたが、すると鮫人はしばらく考え込むような顔をしたあと、実はお伝えしたいことがありますと言った。

なんと鮫人のやつはひと月ほど前に、謹慎を解き琵琶湖の城に戻っていいとのお達しを密かに貰っていたのだという。しかし病に倒れた俺を置いて帰るのに偲びなく、今日まで陸に逗まっていたらしい。

「旦那様のご病気を治すためでしたら、なんとか泣いて見せましょう。あの瀬田の長橋に行って上等の酒や昆布を供えれば、竜宮からの迎えがやって参ります。ふるさとからの船を見れば、その懐かしさと旦那様との別れの悲しさでまた涙を流すことができるでしょう」

「ということは、お前はもう陸には戻ってこないのか」

「はい。今一度竜宮に戻りましたら、死ぬまでそこで暮らします。本日が旦那様との今生のお別れの日となりましょう。ですが私の涙が旦那様のお役に立てるのなら、この悲しみも無駄ではありません」

その健気な言葉に、今度こそ俺も男泣きに泣いた。

すぐさま酒と昆布を用意し、鮫人と瀬田の長橋に向かった。忘れもしない、俺と鮫人が出会った場所だ。あの日と同じように、よく晴れた風の冷たい日だった。

橋に腰を下ろし、二人で最後の盃を酌み交わした。

「鮫人よ。船は湖の底からやって来るのかい?」

「左様です。しかし人の目には竜宮の船は見えないのです」

「なんだそうか、残念だな。お前の故郷の船を一度見てみたかったのに」

そう言うと、ころん、と大粒の紅玉が橋にころげ落ちた。

「旦那様、遠くに船の舳先が見えてまいりました……」

鮫人の目から次から次へと紅玉が溢れてくる。俺はそれを風呂敷に集めながら、湖を見つめ泣き続ける鮫人の肩を抱いた。

あっという間に紅玉は風呂敷いっぱいに溢れ、それを持ってきた木箱に詰めると間違いなく、一万以上の数が揃ったのが分かった。後の事は言わずとも分かるだろう。俺はその箱を持って例の娘の家へ行き、盛大な祝言をあげこうして珠のような男児までもうけた。

全てはあいつ、あの鮫人のおかげだ。あいつの友情は俺の人生最大の宝物だ。今ごろどうしているかなあ。あいつも竜宮できれいな嫁さんでも娶っているといいのだが……。

＊

男の友情と呼ばれるものほど、馬鹿馬鹿しいものはない。私は心からそう思っております。

友情などという薄っぺらくて野蛮な言葉で、いったい今までどれほどのものが苦しんできたか。お分かりになりますか。他の誰にも分からなくても、私には分かる。男の友情がどれほど残酷で、空虚で、下らないものか。どれほど傲慢で、不遜で、冷血なものか。私は知っています。私だけは知っている……。

私は竜宮城にて竜王の方々に仕えておりましたが、他の眷属《けんぞく》が起こした醜い権力争いと陰謀に巻き込まれ、不運にも城を追放されてしまいました。いくら誠実につとめたところで、汚い政治の駆け引きに負ければ何もかも失うことになる。私は何の財産も持たされず湖から追い立てられ、人の建てた橋に這い上がり、呆然と湖面を見つめていました。

私は鮫人です。鮫人は水がなければ生きられません。この地で琵琶湖から追い出されるということは、死罪を申し渡されたことに等しい。一刻も早く別の水場を探すべきだったのでしょうが、慣れない陸の風に吹かれ、身体は乾き、胸が苦しくなり、一歩も動けずただ蹲《うずくま》っていました。

そんなとき、誰かの足音が近づいてきたのに気付きました。

呑気な人間の足音です。私は怯えました。この姿を人に見られたら悪鬼や妖怪の類と間違われ殺されてしまうかもしれません。今の私にはたかが人間を退ける力もない。最早これまでかと思いました。

案の定、近づいてきた人間の顔が、私を見てあからさまな恐怖と嫌悪に歪みました。鮫人は美を誇る種ではありません。竜宮城の中でさえ、この見た目はしょっちゅう貶されからかわれていました。人の目にはさぞかし二目と見られぬ異形の化物に映っていることでしょう。

しかしなぜか、その人間は逃げもせず、私に近付いてきたのです。驚いたことに、笑顔を浮かべて。

ええ、自分が愚かな思い違いをしたのはよく分かっております。しかし、乾いて冷たい嫌な風に吹かれて絶望していた者がその笑顔に魅せられたからといって、誰が責められましょうか。死をも覚悟していた私に、あの人は手を差し伸べて言ったのです。大丈夫かい、と……。

あの時の顔。今も思い出す。忌々しい顔。そう、今となっては何よりも忌々しい。天はなぜ、あんな酷薄な男にあんな温かな笑顔を与えたのでしょう。あんなに愚かな男に、あの無邪気で雄々しい容貌を与えたのでしょう。

陸の空気が辛く、私はぜえぜえと喘ぎ身体を俯きながらなんとか怠い口を開いて己の身の上を話しました。人の子に竜宮の政治や思想など理解できるはずもありませんから、ごく簡単に。するとあの人は、まるで猫の仔でも拾うように自分の家に来いと言ったのです。冗談か、馬鹿にされているのかと思いました。しかし身体はいよいよ乾き、一刻も早く水に浸からなければ死が目前に迫っているのをひしひしと感じました。他に道はない。あの人の言葉を信じ、ついていくことにしたのです。

陸に慣れていない足はうまく歩くこともできません。あちこちよろけて、躓きながらなんとか辿り着いた屋敷はまあまあ立派なものでしたが、庭の池は手入れもされておらず水は淀んでおりました。それでもあの人は誇らしげにさあ好きなだけくつろげと言うものだから、疲れ切っていた私はしかたなくその狭くて汚い池に入ったのです。そんな水でも身に染み渡り、途端に息が楽になります。みじめな気持ちでした。しかしあの人は何がおかしいのかにこにこと木偶のような笑顔で私を見るのです。この私を。誇り高き竜王の眷属であったこの鮫人を。

ともあれ、そうして私とあの人の暮らしが始まりました。

毎日適当な時間に出される食事も酷いものでした。その辺の魚屋の塵入から拾ってきたような半分腐った小魚やあらと、かび臭い苔やへどろ。それをさも恵んでやっているという風に山盛りに持ってきて、池の中に放り込むのです。まるで畜生のような扱いだと思いました。しかし、力を失った今の私に他に居場所はありません。屈辱に耐えながらそれらを食べるしかないのです。

そのうち、あの人は食事を持って来がてら、池のほとりで長い時間を過ごすようになりました。使用人は見かけますが家族らしき人間の姿は一人も見ません。呑気な顔をしていても、寂しい暮らしをしていたのでしょう。

あの人は私を体のいい愚痴の聞き役にすると決めたのか、益体《やくたい》もないことを池の側でべらべらと喋り続けました。教養も何も無いつまらない話ばかりでしたが、他に暇を潰すものもないので私は黙って聞いてやりました。話の中身の大半は、女人のことです。自分はいつか国一番の若い美人を女房にしたいという夢があると、だらしない顔で繰り返し喋るのです。なんというつまらない、俗っぽい夢でしょう。

こんな立派な屋敷に暮らす五体満足な若い男が縁遠いというのは、よっぽどのことです。おそらくこの傲慢さ、気のつかなさを、人間の女人も見透かしているのでしょう。

しかしある日、あの人は唐突にこんなことを言いました。

「お前が来てくれてよかったよ。すぐ側になんでも話ができる友達がいるってのはいいもんだ」

耳を疑いました。友達。確かにあの人はそう言った。こんな野良犬以下の扱いをしておきながら、あの人は私を友達と思っていたらしいのです。ばかばかしくて鼻で笑いたくなりました。しかし、私の耳の奥からその言葉が昼も夜も消えずに響くようになってしまったのです。お前が来てくれてよかったよ……その言葉に嘘はないのでしょうか。嘘がつけるほど、賢いひとでは無さそうだけれど……。

そんな日々が繰り返され、季節は夏を迎えました。あの人は大津に何日か旅行に出かけると言い、家をあけていました。くだらない長話に付き合わされずにすむので私はせいせいしていましたが、しかし胸の内になぜか暗い、嫌な予感が湧き上がってくるのです。どれだけ泳いでも池の底まで潜っても、その嫌な予感は消えません。今思えば私にまだ残されていた神通力が、これから来る不幸を知らせてくれていたのでしょう。

大津からあの人が帰ってきた日、屋敷はちょっとした騒動になりました。今まで腹痛ひとつ起こしたことがないというあの人が病に倒れ、熱を出し寝込んでしまったというのです。

池のほとりにあの人が来ることはなくなりました。池から見えるあの人の部屋には手伝いの者が出入りしていましたが、次第に手付かずの食事の膳をそのまま下げることが増えていきました。こそこそした噂話から、あの人の具合が相当に悪そうなのも漏れ聞こえてきました。

私は居ても経ってもいられなくなり、ある夜、池を出てあの人の部屋に入ってしまったのです。

あの人は苦しそうに眉間に皺を寄せて眠っていました。月明かりの中で見る顔は、今までの愚鈍にも見える朗らかさが消え、幽鬼のようでした。竜宮に居たころ、時折人間の死骸が水底まで沈んでくることがありました。まるでそんな顔をしているのです。もしかすると、長くはないのかもしれない。そう思うと胸の奥が潰れそうに痛んだのです。自分でも不思議ですが、痛んだのです……。

枕元に座り、汗の浮かぶ額にそっと手を当てました。まだこの身に竜王の眷属としての力が残っているのなら、少しは病を癒してやることができるかもしれない。ただ、その一心でした。やがて表情が緩み、寝息が穏やかになりました。

私はその日から毎夜、手伝いの者が帰ってから看病をするために部屋に上がりました。もうしばらくうわ言以外の声を聞いていません。どんなに下らなくても、どんなに品のない話でもいいから、今一度あのからからとした声で私に話しかけてほしい。それだけを願っていました。

秋が近付いて来た頃でしょうか。いつものように部屋に入った私を、あの人の目が捉えました。起きているあの人を見たのは久しぶりで、私はわけもなく狼狽しました。

あの人は土気色の顔を涙でぐしゃぐしゃにしながら、自分はもうたぶん長くない、医者にも匙を投げられた、死にたくない、と訴えました。人の生き死にには、私にはどうしてやることもできません。けれど、枕元に座った私の手をあの人の手が力なく握り締めたとき、どうしようもなく涙が溢れてしまったのです。

死なないでほしい。

死なないで。生きていてほしい。そのためなら私は一生汚い池で泥鰌のように飼われる暮らしでかまわない。この人が共に生きてくれるなら、他に何もいらない。竜宮に戻れなくても、鮫人の誇りを失ってもいい。この人と生きたい。気のつかない、傲慢で、世間知らずな男だけれど、私に太陽のような笑顔を見せてくれたこの人と……。

もう隠し立てすることも無理でしょう。左様です。私はあの人を愛していた。いつの間にか、どうしようもなく。生まれて初めて愛したものが、こんなつまらない、か弱い人間だなんて。なんて愚かしい思いを抱いてしまったのでしょうか。その上それが、もうすぐこの手から失われていこうとしているのです。

私はとめどなく泣きました。鮫人の涙は目から溢れると紅玉となり変わります。だから鮫人はめったなことでは泣きません。涙は鮫人が持つ最後の財産だからです。

しかし、そのままはらはらと泣いていると、あの人が突然奇声をあげて飛び起きました。私は大変びっくりしましたが、あの人が目をぎらぎらさせ口の端に泡をくっつけながらわあわあと喚くので、とうとう気がおかしくなってしまったんだと思って余計に悲しくなりました。でも、違ったのです。いいえ、ある意味おかしくなってしまったことに相違はないのですが。

つまり、こういうことです。大津で見かけたどこかの小娘を女房にするために、私にもっと泣いて紅玉を出せと。鮫人の最後の宝である涙を差し出せと。そう私の肩を掴んで大声で詰め寄ってきたのです。

呆れてものも言えないとはこの事です。あの人は、私が今なぜ涙を流したのか、その理由をちいともわかっていなかったのです。少しでも情を感じたひと……愛したひとが逝ってしまうと思って流した涙を、どうして再び流すことができましょう。

結局、そうなのです。私の気持ちなど何も考えていない。私に気持ちなんてものがあることすら、考えていなかったのでしょう。あの人の心にあるのは自分のことだけ。たまさか遊び半分に庭で飼い始めた醜い鮫人の気持ちなど、推し量れるわけがありません。

やつれた顔で、目ばかり欲でぎらぎらさせながら、私にもっと泣けと迫るあの人。なんて自分勝手な、なんて醜い――なんてきれいな顔をしていたか。あの人は知らないでしょう。そういう時に自分がする顔を。あの顔は他の誰も見たことがないはずです。今あの人の側にいる女房さえも。私だけが知っている。私だけは……。


数刻の後。私はあの瀬田の長橋におりました。適当に言ったことをすっかり本気にして用意した高価な酒や昆布をいそいそと取り出し並べるあの人を横目に見ながら、私は橋に腰を下ろし、日暮れ前の琵琶湖を見つめました。

凪いだ湖面の、なんと美しかったことか。

あの人もすぐ隣に座り、そわそわした様子で、私の盃に酌までするのです。もちろんそんなのは初めてのこと。つい先日まで腐った魚の腸を放り投げてよこしていた相手に、うやうやしく酒を注ぐ。そうまでして宝玉が欲しいのでしょうか。誇りや含羞というものは無いのでしょうか。おそらく、無いのでしょう。それもとうに分かっていたことです。そういう人なのです。己の欲のためなら誇りも捨てられる。見下げ果てた男です。

ここで泣かずにいたらどうなるだろう、と、ふと考えました。いつまで経っても宝玉が手に入らないことが分かったら、あの人は私に何と言うでしょう。ぬか喜びさせやがって、とむくれるでしょうか。それよりもっと怒って、私を殴り殺したりするでしょうか。あの人の拳が私の頭にめり込んだり、首を締めたりするのを一瞬想像しました。でも、そんな勇気もない人です。誰よりも残酷なひと。私にこれだけの思いをさせておいて、自分の手を汚してもくれない人。きっと呆れて、ただ私の前から立ち去っていくだけでしょう。

そう考えた瞬間に、ぼろぼろと涙がこぼれ落ちてしまいました。あの人が歓声をあげます。

「城の迎えが見えたのか？」

興奮して問いかけるあの人に、私は頷き答えます。

「ええ……あの遠くに。懐かしい祝いの楽団や踊り子たちも見えます」

「そうかい、俺にはなんにも見えないが、お前の目は随分いいんだな」

あの人の声はすっかり上ずって、私の目からこぼれ落ちる紅玉を急いで掻き集めています。情けない。どうしようもない。何より呆れるのは、涙を流している私自身です。

「迎えの船は近付いてるのかい？　俺にはまだ見えないよ」

「人の目には見えないのです。私には見えます。はっきり見えます」

「そうかい。良かったな、やっと元の家に帰れるんだな。達者で暮らせよ、俺の事、忘れないでおくれよ」

この期に及んでそんな話をするのです。紅玉はこぼれ続けます。止められるものなら止めたかった。一万にとうてい満たない紅玉を掴んであの人の顔にぶちまけて、馬鹿にするなと言いたかった。でも私は泣いてしまって。泣いて、泣いて、泣いてしまって。とうとう、一万の紅玉を両の目から零してしまったのです。


ずっしりと重い紅玉で満たされた箱を抱え、あの人は悦びのあまり跳ね歩きながら、別れの挨拶もそこそこに私の目の前から去っていきました。それがあの人を見た最後。それっきりです。

そして私は今、湖にもあの人の池にも帰ることができないまま、こうして山裾のどぶのような川に身を浸しております。今年の冬は随分と乾いている。あと三日も日照りが続けば、このどぶ川も干上がり、私の身体も乾いてひびだらけになりやがて崩れていくでしょう。悪い死に方ではないような気がします。どうせなら水の一滴も遺らないほどからからに乾いてしまいたい。私はもう、涙を流す必要はないのですから。

男喰い（食人鬼）

これは困ったことになった、と藪の中で夢窓国師《むそうこくし》は一人唸った。

夢窓は禅僧である。まだ若いが心身ともに健やかで、多少のことでは動じない豪胆な気質を持っている。だが美濃の国を行脚している途中、案内もない山の中ですっかり道に迷ってしまった。山の緑は濃く、腰の高さまで生え茂る下草に足を取られ鬱蒼とした木々の間をさまよい歩くうちに日が翳りだし、野行に慣れた身でもさすがに焦りを感じ始めた。

野宿をするにしてもこう藪だらけではそれもかなわない。せめてもう少し拓けた場所があれば……と思ったその時、篠竹の向こうに藁葺き屋根のようなものが見えるのに気がついた。

急いでそこに向かうと、現れたのは庵と呼んでいいのか迷うほどに朽ち果てた小さな草庵だった。ぼろぼろの柱が崩れかけた屋根をなんとか支え、壁には穴が開き戸口には筵《むしろ》が打ち付けてあるだけという、馬小屋にも劣るような荒れ果てた姿だ。誰がこんな山奥にこんなささやかな庵を建てたか知らないが、長年無人であることは間違いなさそうだった。

しかし夢窓は礼にかなった人物だったので、丁寧に御免下さい、と言いながらそっと筵を捲りあげた。

「どなたですかな」

するると、微かだが庵の奥の暗闇から応える声が聞こえた。

驚いて目を凝らすと、そこにはぼろ布を纏った老翁が一人、板葺きの床の上で縮こまるように正座をしていた。その風体に夢窓は密かに息を呑んだ。翁は生きているのが不思議なくらいに骨と皮だけに痩せ細り、肌は燃やした藁のように白くかさかさに乾ききっていて、目鼻立ちは深く刻まれた皺に隠れ表情も窺えないような有様で、毛が一本もない頭には茶色や灰色の大小のしみが浮かんでいた。その上、うっすらと黴臭いような生臭いような嫌な匂いが庵の中には籠もっている。なんとも気味の悪い情景だった。

「こ……これは失礼をいたしました。お住まいの方がいるとは露知らず」

夢窓はすぐに頭を下げ、己の身分を明かし、どうか一晩軒先を貸してはもらえないかと老翁に頼み込んだ。しかし翁は考える様子もなくすぐに頭を左右に振って「大変に申し訳ありませぬが、それはお断りいたします」と言った。その声は掠れて小さかったが、きっぱりとしたものだった。その代りと前置きし、近くにある村への行き方を丁寧に教えてくれた。夢窓は老翁に礼を言い、沈みつつある太陽にせかされるように急いで草庵を後にした。

老翁の教えてくれた通り、ほどなくして谷間にひっそりと隠れているかのような佇まいの小さな村に行き着いた。十数戸ほどが集まったささやかな集落だったが、道を歩いていた村人に声を掛けると、すぐに村長の家に丁重に迎えられた。

村長の家は集落で一番大きく、なかなかに立派な造りだった。しかし草履を脱いで中に上がると、やけに空気が湿って温かい。見ると、大広間に老若男女が大勢集まっていた。四、五十人はいるだろうか。その人いきれで屋敷の中が温まっていたのだった。誰も一言も発さずじっとして、何かを取り囲むように何重にも車座になっている。

何をしているのか当然気になったが、若い女房が何も言わずにすぐ別室に案内してくれたので聞きそびれてしまった。部屋には座布団が置いてあり、歩き通しで疲れ切っていた夢窓はそれを枕に横になると、すぐに眠りこけてしまった。

どれくらい眠っていただろうか。

ふ、と目を覚まし起き上がると、部屋の外から人が啜り泣くような声が漏れ聞こえているのに気がついた。何事かと思い襖を開けると、すぐに若い男が行灯を片手に駆け寄るようにやってきた。

「お目覚めになりましたか、ご出家様。どうぞ、こちらの灯りをお使いください」

よく見ると男の眼は泣き腫らしたように赤くなっている。何事があったのか尋ねると、男は鼻を啜って答えた。

「実はたった今、私の父親が長患いの末に亡くなりまして……。今日から私がこの家の当主となりました。村の皆が今際の別れに集まってくれたので、これから皆で出かけるところでございます」

夢窓はすぐに手を合わせ故人の冥福を祈ったが、はてと思って重ねて尋ねた。

「出かける、というのはどちらにですかな。葬儀はお寺でなさるのですか」

「いえ……実はこの村にはちょっと、変わった習わしがありまして」

近くに誰もいないというのに、男は気まずそうに目を逸らし声をひそめた。

「人が亡くなりましたら、その晩は誰一人村に居てはいけないという決まりがあるのです。その、何と言ったらいいか、奇妙なことが起こりますので……。私どもは山を越えて隣の村に一晩やっかいになり、明日の朝戻って参ります。長旅でお疲れでしょうが、ご出家様も私どもと一緒においでください」

「では、父君のご遺体は一晩一人きりでここに置かれるのですか」

「左様で」

「それは関心しませんな。亡くなられたその夜に経を読む者もいないとは。私も出家の身。通夜に経も唱えずにご遺体を置いていくことはできません。ここに残りましょう」

「ですがご出家様、本当にその、恐ろしいことが起こるかもしれないので」

「例え魑魅魍魎《ちみもうりょう》がやってきても構いません。御仏と共にあれば恐れることは何もない。宿をお借りしたせめてもの礼です。私に父君の通夜をさせてください」

新しい当主はそれでもしばらく一緒に村を出るよう食い下がったが、とうとう諦め、他の村人と共に屋敷を出ていった。

がらんとした屋敷に一人。夢窓は行灯を持って広間に入り、布団に寝かされた老人の遺骸の前に座した。傍らには蝋燭が灯されていたが、それより目を引いたのは盆や大皿に盛られた饅頭や干し柿などの大量の食糧だった。葬儀の供え物にしてはいささか量が多い。奇妙だが、おそらくこれもこの村の風習なのだろう。一人納得し、呼吸を整えると朗々と経を唱え始めた。

読経が終わり弔いの儀式を済ませると、座禅を組んで瞑想を始めた。夜も深くなってきたころだが、べつだん変わったことは何も起こらない。本当に村人総出で家を空けるほどのことがあるのだろうか……。

そのときふいに、蝋燭の炎が大きく揺れた。

はっとして後ろを振り返ろうとしたが、身体が動かない。まるで見えない縄で総身を縛り付けられたように、指先ひとつ動かせない。風も無いのに、蝋燭の火はゆらゆらと何度も大きく揺らめいた。

ぎっ、ぎっ、ぎっ、と床板が鳴る音が後ろから近付いてくる。

行灯の灯りが、壁に大きな影を映し出した。それが近付いてくる。ぎっ、ぎっ、ぎっ。

それは、夢窓のすぐ傍らを通り過ぎると、まっすぐに遺骸の傍らの供物の山に向かっていった。黒いもやのような、ぼろ布をぞんざいに集めたような、とても生き物とは思えない、目も口もない姿をしている。果物が腐ったような、甘ったるく吐き気を催す臭いが広間に広がった。

動けないままの夢窓の眼の前で、その化物はぐちゃぐちゃと汚らしい音を立てながら食物を貪り食い始めた。飢えた獣のようにあさましく、食べかすがそこらじゅうに飛び散り床や布団を汚す。

目を閉じることすらできなかった。化物は供物をあらかた平らげてしまうと、急に苦しげに身を捩りだした。

すると、もやのような姿が次第に人の形に固まっていき、やがて一人の男の姿になった。それはぬるりとした、蛇の腹のように艶めかしい、一糸まとわぬ肢体の若い男だった。頭髪はきれいに剃り上げられ、華奢だが柔らかそうな腕や尻はしみひとつ無く輝いている。そしてはっとするほど、美しく婀娜っぽい顔立ちをした男だった。

男は夢窓には一瞥もくれずやおら遺骸に掛けられた布団を捲りあげると、死者の着物の裾をはだけさせ褌から一物を取り出し、赤い口を開いてそれを咥えてしまった。奇妙な事に、息絶えてもう血の巡ることのなくなったはずのその一物は男の口淫でみるみる生きているかのように膨れ上がり、あっという間に血気盛んな若者のそれのように勃ち上がってしまった。

呆気に取られる夢窓の前で男は満足そうに口を拭うと、脚を大きく開いて遺体の上に跨った。そして己の手で白い尻を割り開くと、勃ち上がった一物の上に、ゆっくりと腰を落とし始めた。

ああ、という、掠れた声が上がった。

男の尻はたやすく死人の一物を咥えこみ、淫らな声を迸《ほとばし》らせながら腰をくねらせまぐわい始める。

恥も理性も何もない、煩悩と獣欲にのみ突き動かされている動きだった。死人を犯す美しい化物の男――これが「奇妙なこと」なのか。それで済ますにはあまりに罰当たりで冒涜的なものを目の当たりにし、無意識のうちに胸の中で必死に経文を唱えていた。

やがて男は一際高く声をあげ、背中を震わせ気をやったようだった。だが尻で一物を咥え込んだまま遺体の上から動こうとはしない。

男の眼はうっとりと眇《すが》められ、赤い舌が唇をねろりと舐め回した。裸身を屈め、口吸いをするように死人の頬を両手でそっと包み込む。そして大きく――耳元まで裂けるほどに大きく口を開くと、瓜でも齧るかのように、哀れな死せる老人を、饅頭や柿と同じく貪り喰い始めたのだった。

翌朝、村に戻ってきた人々が見たのは、広間で手を合わせ一心に経を唱える夢窓の姿だった。眼の前にはやや乱れた布団が一組あるだけで、遺体も供物も化物も何もかもが消えてなくなっていた。

　夢窓は新しい当主の男に昨夜起こったことを話して聞かせた。しかし化物が父親の遺体を犯したことは伏せておいた。当主は少しも驚いた様子はなく、通夜の儀式を執り行ってくれた夢窓に深々と頭を下げて礼を言った。

「さぞ嫌なものをご覧になってしまったでしょうに、本当にありがとうございます。ご出家様のおかげで父も無事に成仏できます」

「礼には一切及びませぬが……このようなことはいつから続いているのですか」

「何代も昔からでございますよ。とにかく、人死にが出たらその遺体を村に一晩置いておかなきゃならないんです。そうせんと、村全部に大変な厄が降りかかる。年寄りが死んでも赤子が死んでも、同じようにせねばならぬのです」

　そこではたと、あの山中の庵に住む老翁のことを思い出した。あの様子ではそう遠くないうちにあの老翁もみまかることになるだろう。その時に供物を用意するような親族はいるか気になったのだ。しかし当主に庵のことを話すと、きょとんとして首を傾げられた。

「ご出家様、それは何かの覚え違いでございましょう。あの山は私どもも薪取りや山菜採りでしょっちゅう出入りしておりますが、そんな庵も爺様も、一度も目にしたことはありませんよ」

＊

当主と村人から読経の礼として食糧を渡され丁重な見送りをされ、日のあるうちに村を発った。眼の前には隣の村に続くなだらかな道が続いている。

しかし、しばらく考えてから夢窓は来た道を引き返した。村を通り過ぎ、山の中に分け入る。

嫌な予感がしていた。しかしどうあってもその正体を確かめなくてはならないという気持ちを止められなかった。

深い藪の中を歩いているうちに、その予感はどんどん深まっていく。笹竹の強い草いきれに混じり、あの腐った果物のような臭いがふっと鼻先を掠めた。

顔を上げると、あの草庵があった。

丹田に力を込め、数珠をしっかり握り締め無言で戸口の筵を捲りあげた。

「いらしてくださいましたか」

部屋の奥に、ぼろ布を着た人の姿がこちらに背を向けて座っていた。臭いはますます強くなる。

「ご老人。少し伺いたいことがある」

そう言うと、細い背中がのっそりと動き、老翁が顔をこちらに向けた。

「存じております」

果たして、その顔は皺だらけの老人ではなく、昨夜見たあの死体を犯した美しい男のものだった。花びらのような赤い口を開くたびに、血と腐った臓腑の臭いが辺りにぷんと立ち込める。

「昨夜は大変に失礼をいたしました。浅ましい……面目のないところをお見せしました」

そう言うと男は床に手をつき深々と頭を下げた。

「わざと私をあの村に案内したのだな」

「左様でございます」

「何ゆえだ。こうして戻ってきたところを喰らうつもりだったか」

「めっそうもございません。まるで逆……まるで逆でございますよ」

男はひどく草臥《くたび》れたふうに息を吐くと、白い面を上げ夢窓を見つめた。

「どうしてこのような化物がこの山に住み着いているか、惨めな身の上を少し聞いていただけますか。ご出家様……かつて私は貴方さまと同じ、仏に仕える身だったのです」

男はそう言うと遠くを見つめるように目を眇め、唇に薄い笑みを浮かべた。

「昔のこの辺りは、何里四方に渡って僧と名のつく者は私一人しかおりませんでした。なので全ての弔事は私があの村に構えていた寺で執り行い、山々を越えて数多くの人々がひっきりなしに私のもとにやってまいりました。弔いだけではなく、法要や日々の暮らしの悩み事などあらゆる相談が持ち込まれましたよ……私はそれに応えました。そのたびにお布施や菓子や美しい布や糸が蔵に積まれていったのです。私はいつしか修験を積むより蔵の中身を増やすことのほうに執心するようになっていました。誰よりも立派な寺を建て誰よりも上物の袈裟を着けた私は、ひとびとの尊敬を集めました。私の言葉に逆らう者もおりませんでした。飲食や衣服だけではない、肉欲も……望む男と望むだけ寝ることができた。ありとあらゆる煩悩を思うままに貪ることができたのです。それはご覧になりましたでしょう、貴方さまも……」

言葉を途切れさせ、男は感に堪えないというふうに身を震わせ白い喉を仰け反らせた。昨夜の痴態を。

「ああ……ひどく厳しいお顔で私をご覧になる。無理もございません。左様です。私は僧侶の身でありながら煩悩に溺れ邪念に溺れ、この世で最も穢《きたな》らしい食人の化物に生まれ変わってしまったのです。死してなお欲望が癒えず、死骸を犯して喰らうことでしか飢えが満たせなくなってしまったのです。こうして懺悔をしている間も、もう……欲しくて……たまらなく欲しくて……」

男は裸身に纏ったぼろ布を引き千切らんばかりに握り締め、身をくねらせて荒い息を吐いた。

「何が望みだ」

そう問うと、男は潤んだ目で夢窓を見つめうっとりと言った。

「貴方さまはお力のある方とお見受けします。どうか、私を斃《たお》してくださいませんか。ずっとお待ちしていたのです。貴方のような方が現れるのを。この地獄から私をお救いください。終わりの無い飢えから解き放ってくださいまし。そのご祈祷の力で私を斃し、そして朝露の一粒ほどでも哀れと思ってくださるのなら、施餓鬼《せがき》を施してやってくださいませ」

そう言いながら桃のように頬を上気させ淫蕩そのものの笑みを浮かべた男に夢窓は眉をひそめたが、しかしその瞳から一粒、涙が溢れ出たのを見逃さなかった。

夢窓はその涙に嘘が無いことをすぐに見てとった。眼の前の男が心より救いを求めているのを理解し、目を閉じると数珠を握り読経を始めた。

経を唱えるほどに、夢窓の心は静かに凪いでいった。化物を斃すという目的も昨夜見た光景も全て忘れただ一心に経を読み続けると、ふいに、まとわりついていた厭な臭いの空気が掻き消えたのを感じた。

目を開けると、そこには男の姿も、草庵すらも無かった。

木漏れ日の射す中、下草に埋もれるように苔むした粗末な墓石があるのに気付いた。長い間誰にも顧みられず忘れ去られていたに違いない、古い墓石だった。

夢窓はその墓前に村人に貰った饅頭をひとつ供え、座してそっと手を合わせた。

琵琶を弾く男（耳なし芳一）

盲《めし》いたから琵琶を習ったのだな、と言われると、芳一は猛烈な怒りをおぼえた。違う。琵琶は私。私は琵琶。もしこの両の目が千里先でも見えるほどに明《あ》いていたとしても、私は琵琶を手にしたはず。そう考えていた。

芳一の暮らしは琵琶無しでは何も始まらない。胡座をかいた膝の上に琵琶を抱き撥《ばち》を手にすると、そこで初めて己が今ここで生きていると感じられる。人馬一体と言うが、さしずめ人琵琶一体の感だ。飯の時間も眠る時間も好かなかった。琵琶から手を放さねばならない全てのことが煩わしかった。

まだほんの幼い頃から琵琶法師の師匠に着いてその技を厳しく仕込まれたが、それを修行だのましてや苦労だのと思ったことは一度もなかった。最初に琵琶に触れたその瞬間から、もうその心と身体は琵琶のものになったからだ。指の皮が破け肩が上がらなくなり喉が潰れ師匠にもうよせと言われてもえんえんと琵琶を弾き、唄い続ける。それが芳一という男。琵琶を弾くためにこの世に生を受けたと誰もが認める男だった。

そして今、芳一はしんと静まり返った部屋の中で、かすかな残響と呼吸の音だけを耳に残し、撥を膝に置いた。

「見事、見事。誠に素晴らしい」

のったりした調子の称賛の声に、剃り上げた頭を静かに下げる。

若くして師匠を凌ぐ腕前に成り、早々に琵琶弾きとして独り立ちを始めた芳一は、しかし若さ故に日々口を糊することに大変に苦労した。琵琶は弾けても世を知らぬから、芸を披露しても対価を貰い損ねたり騙されたり、旅の途中に金品を奪われたりと散々な目に遭った。

そんな時に手を差し伸べてくれたのが、赤間ヶ関にある阿弥陀寺の住職だった。この住職は詩や歌舞音曲を好み、芳一の琵琶をいたく気に入り、その暮らし向きが苦しいことを知るとすぐさま寺の一室に住むよう申し出てくれた。芳一はありがたくそれを受け、阿弥陀寺に身を寄せることになったのだった。

寺の暮らしは穏やかだった。都度の食事も供され、部屋の掃除や身の回りの世話は寺男たちがしてくれる。芳一はただ住職が求める時に琵琶を弾けば、それだけで毎日の寝食が得られるのだった。

「いやはや、国中探してもこれほどの名手はおらんだろう」

衣擦れの音がして、香のにおいが近付いてきた。まだ撥を握っている手に、脂っけのない生暖かい手が触れる。

「お主のような名手と儂とを巡り合わせてくれたのも、御仏の加護……そう思うておる」

他に誰も居ない部屋の中にもかかわらず、住職の声は囁くように小さかった。穏やかな人柄と親切心が滲み出る声色。しかし芳一の秀でた耳は、その奥に微かに覗く湿った響きを感じ取っていた。

若く世を知らぬ身でも、それが何なのか芳一は理解していた。阿弥陀寺に世話になることを決めた時も、ある程度の覚悟はしていた。

琵琶さえ弾けるのなら、この身などどう弄《いら》われても構わない。そう思っていたのだが、この住職はこうして遠慮がちに手を触れる以上のことは仕掛けてはこないのだった。

襖の向こうの廊下から「和尚様、和尚様、いらっしゃいますか」と寺男が呼ぶ声がして、住職はぱっと離れた。

「また、後ほどな……」

気まずそうにそう言い残し、住職は部屋を出ていった。

小さくため息をつき、それから耳をすます。庭を掃く箒の音、読経の声、夏の蟲の声。どれもが胸の中で先刻まで鳴っていた切々とした琵琶の音色を押し流していく。

撥を握り直しもう一度琵琶を鳴らそうとして、ふと思い直し、芳一は静かに立ち上がった。

杖を手に、寺の門から続く小道をまっすぐに歩く。もうすでに波の音が聞こえてくる。海鳥の声や松林を通る風の音も。草履の下の地面が次第に柔らかい砂地になり、浜が近いのを感じた。芳一は潮風を頬に受けながら、今まで万回と諳《そら》んじてきた曲の出だしを心に思い浮かべた。

祇園精舎の鐘の声
諸行無常の響きあり
娑羅双樹の花の色
盛者必衰の理をあらわす――

芳一が最も得意とするのは、平家一門の隆盛から滅亡までを唄う物語だった。特に平家最期の時、幼い天子が尼と共に入水する壇ノ浦のくだりは、聴いたもの皆残らず袖を涙で濡らすほどの出来だと評判だった。生まれ育った土地から離れてこの赤間ヶ関にやってきたのも理由がある。いま立っているこの浜、この海こそが、幾百年も前に平家が滅亡した地、壇ノ浦の海なのだ。

照り付ける夏の陽に灼かれながら、じっと波の音に耳を傾ける。どこかに、当時を偲ばせる気配がないものか。叶わぬと知りながらその音をずっと探している。

遠くで、蟹じゃ蟹じゃと小童たちがはしゃぐ声が聞こえた。

この浜には、まるで人の顔のような甲羅をした蟹が出ると聞いたことがある。憤怒に歪むその顔はこの海で果てた平家の侍の怨念が乗り移ったものに違いないと、尤もらしいひそひそ声で漁師たちが話していた。今まで目明きになりたいと願ったことはほとんどなかったが、この話を聞いたときは、どうしてもその蟹の姿を見たいと心底思ってしまった。

蟹の甲羅にまで化けて出るその怨念の強さはいかばかりか。それを目の当たりにしたら、自分の琵琶や語りはもっと真に迫るものになるのではないか。一度は栄華を極めた一族が最果ての海に散るその無念はどれほど激しいものだったのか。その一片だけでも感じることができたら——。

海風に問うても答えは無い。芳一はそれでもしばらく、じっと波の音を聴いていた。


そんなある夜のことだった。町の檀家で葬式があり、住職と寺男たちは揃って出掛け、芳一は一人留守番を言いつけられた。

朝からひどく蒸し暑く、じっとしていても汗が滲み出てくるような日だった。少しでも涼を取ろうと海に一番近い縁側に出て琵琶を抱えるが、いつもは気持ちよく吹いてくる海風もぴたりと止まっている。

しかし、じゃん、と弦を鳴らすとふいに風が流れ、潮の匂いと、かすかに血腥《ちなまぐさ》いような匂いがふっと鼻先を掠めた。

「芳一」

するると突然に男の声で名を呼ばれ、芳一は驚いて身を固くした。

「貴様が芳一と申す者か」

その声は低く大きく、脅しつけるような強い調子で、いかにも他人に命令し慣れた、身分のある者の声だった。芳一はすっかり小さくなり、琵琶を抱いて声のする方に頭を下げた。

「はい、私が芳一でございます。どなたがお呼びでしょうか……」

「我が御主君より御用を仰せつかって来た。御主君はこの壇ノ浦の合戦跡を御覧になるためこの地に逗留なさっておられる。お前には名を明かすこともできぬほど高貴なお方だ。この寺に住む芳一という琵琶法師がなかなかうまい琵琶唄をものすると御耳になされ、御前に呼ぶよう御所望された。今すぐ吾と共に屋敷に来るがよい」

急な話に咄嗟に言葉が出なかったが、男がこちらにやって来る足音から侍であることは間違いないと悟ったので、いらぬ不興を買わぬよう慌てて琵琶と撥を抱き草履を履いて縁側から下りた。

「では行くぞ。着いて参れ」

「あの……私は盲いております。申し訳ありませんが、手を引いて案内をしていただけませんか」

おそるおそるそう言うと、男がかすかに息を呑む音がした。

「……左様か。よし」

あっという間もなく、小柄な身体が琵琶ごとふわりと浮き上がった。抱き上げられたのだ、と気付く前に、すでに男は歩き始めていた。

「あ、あの、下ろしてくださいまし。お侍様にこのようなことをされては申し訳が……」

「一刻も早くお主を御前に連れてこいとの仰せだ。盲の足に合わせていては夜が明ける」

男は吐き捨てるようにそう言うと、さらに歩を速めた。

芳一は諦めて、琵琶を落とさぬようしっかり抱えて猫の仔のように身を固くしじっとしていた。大の大人を軽々と抱く腕も、半身を寄せている胸も、とても硬く冷たい。足元からは一歩一歩踏み出すごとにがしゃがしゃと大仰な音が聞こえてくる。どうやら男は鎧甲冑一式をすっかり着込んでいるようだった。このような格好で寺まで使いに来るということは、警固の武士か何かなのだろう。もし申し出を拒めば腰に下げているであろう刀で斬り捨てられていたかもしれない。ぞっと背筋が寒くなり、ますます小さく縮こまった。

ほどなくして、男は突然立ち止まり芳一を地面に下ろした。

「門を開けい！」

空が震えるような大音声で呼ばわると、ぎりぎりと重たげな開門の音が目の前で聞こえた。はて、と胸の内で首を傾げる。随分大きな門のようだが、この長閑な町には阿弥陀寺の他にそのような大きな建物は無いはずだ。一体自分はどこに連れてこられたのか。不安になり思わず手探りで男の背中に隠れるようにすると、腕をぐっと掴まれた。

「誰か内の者はおらぬか。琵琶弾きを連れて参った。御前に案内いたせ」

ふ、とまた潮が匂った。だがそれは一瞬のことで、すぐに忙しない小さな足音と女のさんざめく声が近付いてきた。いかにも高価そうな化粧や甘い香の香りも漂ってくる。女たちの言葉遣いから、確かにこれは高貴なお屋敷のお女中に違いないと感じた。

「この者が御前まで案内する。ゆめゆめ御主君に失礼をするでないぞ」

男は芳一の耳元でそう言った。恐ろしい声。恐ろしいが、それが素晴らしく朗々とした、深みのある実によい声なのに気がついた。思わず耳を寄せてしまいそうになったが、再び腕を強く掴まれ、冷たく小さな女の手に触れさせられた。

草履を脱ぐよう言われその通りにすると、お女中に手を引かれ板の継ぎ目も感じられぬほど磨き抜かれた長い長い廊下を歩き、数え切れぬほどの柱を曲がり、ひたすらに歩き続けた。どれほど大きな屋敷なのだろう。疲れを感じるほど歩かされた果てに、ようやく襖の開く音がし、部屋に通るよう言い渡された。

中はしんと静かだったが、そこに大勢の人が居るのを芳一の耳は感じ取った。張り詰めた息遣い。かすかな衣擦れ、咳払い。そして数え切れぬほどの目が自分にじっと向けられているのが分かる。座布団に座るよう促され、緊張で乾いた喉に唾を飲み込みながら、腰を下ろした。

「そなたは、琵琶に合わせて平家の物語を唄うそうですね」

凛とした、威厳に満ちた老いた女の声がした。芳一は飛蝗《ばった》のように素早く頭を下げ、ただただ畏まることしかできなかった。

「面をお上げなさい。今宵は我が君様がそなたの琵琶と唄を御所望じゃ。存分に唄われよ」

強張りながらも、座布団の上で足を崩し琵琶を構えた。すると、急に畏れも緊張も解けまったく不安のない気持ちに成り代わった。まるで琵琶が力を与えてくれたような、いつもの人琵琶一体の頼もしさを感じた。その勢いで、しゃんと背を伸ばし口を開いた。

「平家の物語、全てを語りますれば幾晩もかかります。どのあたりを特に御所望でいらっしゃいますでしょうか」

ややあって、老女が静かに言った。

「壇ノ浦のくだりを唄われよ」

さざ波のように広間の中がどよめいた。注がれる視線、熱気がさらに上がった。この方たちは、本当に私の琵琶を聴きたがっている——そう得心すると、身体中に琵琶を弾くときにだけ巡る言い知れぬ熱が沸き起こった。次の瞬間、撥は手指に吸い付き、膝の上の琵琶は身から生えているようにしっかと抱えられ、指は柱と弦の上を軽やかに滑り、そしてぴん、と最初の一音が弾かれた。

元暦二年三月二十四日の卯《う》の刻《こく》に
豊前国《ぶぜんのくに》門司《もじ》赤間関《あかまがせき》にて
源平《げんぺい》矢合《やあわせ》とぞ定めける――

海を覆い尽くすほどの舟、それに乗る武士の鎧甲冑が鳴る様子、漕手の掛け声、波の音、擦れ合う舳先と舳先――琵琶は言葉では語られぬそれらの姿を鮮やかに鳴らし出す。唄が進むごとに飛び交う矢、剣戟《けんげき》の音が鳴り響き、討ち死にせし者の断末魔や波間に消える男たちのあがきまでもが巧みに表され、次第に静かだった広間の中から感に堪えないというような声が上がり始めた。

「なんという音か。まるで合戦場に居るようじゃ」

「この声この語り。斯様な見事な歌い手には出会うたことがない」

口々に琵琶と唄を褒めそやし、行儀も忘れて膝や手で調子を取る者まで出始める。それを聞くと芳一の方もますます力が入り、今までで一番の出来と思うほどの熱心さで血で血を洗う合戦の陰惨を唄いあげていくのだった。

そしてとうとう、最早これまでと悟った平家の女たちが次々と海に身を投げるくだりに差し掛かると、男女の別なく咽び泣く声があちこちから聞こえだした。

此の国は粟散辺土《ぞくさんへんど》とて心憂き境なれば
極楽浄土とてめでたき所へ具《ぐ》し参らせ候うぞ——

二位の尼が幼き安徳天皇に念仏を唱えさせその身を抱いて血に染まった海に入水する段に入ると、怒号のような泣き声や床を拳で叩く音まで上がりだし、それに負けじと芳一もさらなる音声、哀切でもって壇ノ浦の悲劇を手指が千切れんばかりに弾き狂った。

曲の締め、最後の撥の一振りでもって、弦が一本、弾け飛んだ。

それにすら万座の貴人たちは声を上げ扇子、手拍子を打ち鳴らし、まるで荒っぽい山賊の集いのように歓声は止むことがなかった。

芳一のこめかみから汗が流れた。

初めてだった。これほどに熱狂する聴衆の前で琵琶を弾くのは。肌が痺れ心の臓が激しく打ち鳴り、宙に浮かんだような気持ちになる。

これだ。私はこのために琵琶を弾いてきたのだ。この熱。啜り泣き。激しい情動が生々しくぶつかってくる……阿弥陀寺で和尚様ひとりを相手に爪弾いているのとはまるで違う。これが琵琶法師のなすべきこと。これが私――。

「芳一や」

老女に名を呼ばれ、はっとして居住まいを正した。

「そなたの腕前、噂に違わぬ……いやそれ以上の見事なものでした。国中を探してもその琵琶その唄に並ぶ者などおらぬであろう。我が君様も大変に御満足であらせられ、相応の礼をする御考えでいらっしゃる」

「もったいのないことでございます……」

芳一は平身低頭した。未だ声のひとつも上げていないその主君がどれほどの方なのか知る由もなかったが、その視線がじっと己に向けられているのはしかと感じていた。

「芳一。そなたはこれから六日の間、毎晩この御前で琵琶を弾くように。さすればそなたが望むもの、金品でも何でも存分に賜るとのご所存じゃ。明晩も今宵と同じく迎えを参らせる」

かしこまりましてございます、とまだ汗の引かぬ額を床に着けた。しかし老女は急にまた声色を厳しくすると、噛んで含めるようにこう言った。

「よいか芳一。そなた、今宵の事は誰にも口外してはならぬぞ。なんとなれ、我が君様はお忍びで御逗留中ゆえ、この赤間ヶ関にはおらぬことになっておる。よいな。何人たりともこの館の話、琵琶を弾き語ったこと、申すでないぞ」

芳一は改めて深々と頭を下げた。

また長い長い廊下を渡り、脱いだ草履の所までやっとの思いで戻って来ると、そこには迎えにやってきたあの男が待ち構えていた。問答無用という風情で行きと同じく芳一の身体を横抱きに抱えあげる。しかし、荷のようにぞんざいな扱いだった先程とは違い、まるで赤子を抱くように背中と尻をしっかりと支えてくれ、ゆっくりと大股に歩き始めた。

男はしばらく無言だった。息一つ乱さずひたすら歩き、そろそろ阿弥陀寺に近付く頃だろうかというときに、ふいに歩みを遅めた。

「……お前はまだ、随分と若いのではないか」

突然に問われ、ぎこちなく頷き、ほんの若輩者でございますと答えた。

「その若さで、なぜあのような……まるで戦場を見てきたような唄が唄える」

この男も琵琶を聴いていたのか。何故かどきりとする。

「ただ、修練を重ねているだけでございます」

「そうして話している声はまるで蚊蜻蛉《かとんぼ》か小鼠のようだ。なぜ琵琶を持つとあのような、山をも穿ちそうな音声が出る」

「分かりませぬ……ただ、ただ修練を」

「そのように言を弄して、吾をたばかる気か」

苛立ったように声を荒げ、男は足を止めいきなり芳一を地面に立たせた。

「貴様は何奴だ。なぜ斯様な貧相な身体が、あのように何刻も休まず琵琶を弾き続けることができる。唄い続けることができる」

がしゃりと音がし、地面に何かが落ちたようだった。と、冷たい何かが顎をぐいと掴んで上向かせた。男が手甲を外し素手で触れてきたのだ。

「どこをどう見てもただの小坊主ではないか。なぜ……なぜあのように唄う。あのように弾く。お前は何を見た。あの合戦の何を見たのだ」

男の声は僅かに震えていた。芳一はすっかり恐ろしくなってしまい、真っ青になりながら必死に頭を左右に振った。

「どうか意地悪をしないでくださいまし。私は盲です。生まれたときからの盲です。何も見たことはありません。この目には何も映したことはないのです」

「いいや、お前は見ている。そうだろう。そうでなければ、何故……」

その時、遠くの農家で一番鶏の鳴く声が聞こえた。男はさっと手を離すと、「今晩、忘れずに支度をしておけ」とだけ言い残し、走るような足音で去ってしまった。

はっと気がつくと、そこはもう男と最初に相対した阿弥陀寺の縁側なのに気が付いた。途端に頭が夢の中にいるようにぼんやりしてきて、草履を脱ぎ杖を置くとふらふらと己の部屋に上がり、足の泥を落とすこともせず、薄い布団に倒れると気を失うように眠ってしまった。

昼過ぎに目を覚ますと、まず昨晩の事は夢であったかもしれないと思ったが、枕元に置かれた愛用の琵琶の弦が一本切れているのに気付き、まことの事であったのを確信した。

幸い、寺の者はみな芳一が夜に出掛け朝方戻ったことに気付いていないようだった。琵琶の弦を張替え、行水をして身を清め、昨晩のことは言いつけ通り一言も口に出さずに夕刻になるのをひたすら待った。

「芳一」

日が沈み蛙が鳴きだすと、またどこからともなく男の声が聞こえてきた。今日の夜明け前の男の様子を思い出し少し怖気づいたが、力強い腕に抱き寄せられ抱え上げられると、もう言いなりになるほかはなくなってしまうのだった。

「御主君がお待ちだ。今宵は少々急ぐぞ」

そう言うと男はほとんど走るように歩きだした。

「あ、あの、重くはありませんか」

思わず出た問に男は答えず、ただ歩き続ける。ばかなことを訊いたと後悔し、また仔猫のように丸まり大人しく男の胸に寄りかかった。

甲冑越しでもその体躯が大きく逞しく、立派な侍であることが感じられる。

触れたい、と唐突に、しかし激しく思った。

この美しい声をした力強い鎧武者が、どのような姿をしているのか、その顔に触れて確かめたい。そんなことをしたら琵琶ごと切り捨てられるのがせいぜいだろうが、その危険を賭しても男の顔を見たいと、強く感じてしまった。

何度も手を伸ばしそうになるのを必死に堪え、芳一は昨夜と同じく屋敷に連れてこられ、お女中に手を引かれ広間に入った。そして再び壇ノ浦のくだりを弾くよう言われ、その通りにし、またしても熱狂と賛美の中、海上での合戦と平家滅亡のその瞬間を弾き語りきった。

帰り道。やはり同じく男に抱きかかえられ、腕の中で揺られながら夜風に吹かれる。

琵琶を弾いている間、つとめて耳を澄ませてこの男の声が聞こえぬものかと注意していた。この強いお方も、私の壇ノ浦を聴いて嘆息したり涙を滲ませたりしたのだろうか……。もしそうならどうしてもその呼気を、涙の流れる音を聴きたいと思った。

「あの……もしよろしければ、御名前をお聞かせ願えますか」

芳一は思い切って口を開いた。

「こうして何度も往来を運んでいただいております。お礼を申し上げたくても御名がわかりませんのは、具合が悪うございます」

「礼など必要ない。小坊主風情が生意気な。吾は御主君の命に従っておるだけのこと」

またばかなことを言ってしまった。地に埋まりたくなるような気持ちになり、あとは阿弥陀寺に着くまでじっと押し黙っていた。

しかし、寺の前らしき場所で地面に降ろされると、男はまた手甲を外し、素手で芳一の頭から頬をそっと撫でた。

「名は明かさぬ。しかし今宵も必ず吾が迎えに来る。……よいな」

その声色、その触れ方には、言葉にならない万感の思いが込められていた。この方は確かにあの広間で、自分の琵琶を聴いたのだ。そしてそれを気に入ってくださった。芳一はそのことを強く感じた。冷たい男の手はぎこちないほどに優しく、芳一の見えぬ目に、よく聞こえる耳に確かめるように触れて、一番鶏の声と共に、離れた。

そのまま夢心地で阿弥陀寺に戻ったが、塩梅の悪いことにこの日は夜半に寺を抜け出しているのを気付かれてしまっていた。翌朝早速に住職の部屋に呼ばれ、芳一は肩を強張らせ正座をした。

「芳一や。昨夜は一体どこに出掛けておったのだ。お主のような者が夜半に一人で出掛けて朝方まで帰ってこないなど、まったく常識を外れておる。儂は大変に心配したのだよ。何か遠出の用向きがあるなら下男を誰か付き添いにさせたのに、何故に一人で、あんな夜中に出掛けて行ったのだ」

住職の声はあくまで気遣わしげだったが、芳一はぎゅっと足の指を丸めてただひたすらに平身低頭した。

「申し訳ございません。どうしてもすぐに済ませたい用事があったものですから。ですが何も疚しいことはしておりません。ご心配お掛けしたことはこの通り謝ります故、どうかお許しを……」

何を言っても頭を下げるだけで理由を明かさぬ頑固さに呆れたのか、住職は早々に芳一を解放した。芳一の頭には最早、熱っぽい聴衆に向けて奏でる琵琶と、行き帰りに抱かれるあの強くも優しい腕の事しかなかった。


日が暮れると同時に、激しい雨が降り始めた。縁側で琵琶と共にそわそわと表の様子に耳をすます。このような雷雨の中、もしかしたらあの方は迎えには来ないかもしれない。そうしたらどうしよう。杖を頼りに自分でお屋敷まで歩いて行こうか……そんな風に考えていると、ふいに肩を掴まれた。

「芳一。支度はできておるか」

「ああ……お待ち申しておりました。このような雨の中、お迎えに来ていただけるとは」

「吾は約束は違えぬ。必ずお前を迎えに来ると、そう言ったはずだ」

「ええ、確かに。確かにそうおっしゃいました」

笑みさえ浮かべて、芳一は自ら男の腕に身を預けた。琵琶を弾きたい。だがそれと同じくらいに、この道中がずっと続けばいいのにとも思っている己に驚いた。

「濡れるが我慢せよ。笠は無い」

「私は平気です。ほんの少し前まで野宿暮らしの身でしたから」

そう言うと、雨音に消されるくらいの大きさで含み笑いの声がした。

「なぜ、お笑いになるのです」

「お前のような小坊主が野宿など、猫に喰われてしまうのではないか」

「私は鼠ではありませぬ。鼠は琵琶を弾きません」

「膨れるな。ほんの冗談よ」

その声色にも隠せぬ笑みが滲んでおり、芳一の頬は雨にも冷やせぬほど熱くなるのだった。

屋敷に着いて草履を脱ぎ、お女中に引き渡される直前、男は芳一の手強く握った。

「今宵はこのままここで待つ。存分に唄ってこい」

「広間でお聴きにならないのですか」

「ここでもお前の琵琶は直ぐ側で鳴らしているように能く聴こえる。行ってまいれ」

その声は、もう少しも恐ろしくは聞こえなかった。見えなくともその顔がほんの僅かに微笑んでいるのが分かった。芳一は今自分がどこで何をしているのかも瞬間、忘れて、男に縋って懇願しそうになってしまった。貴方様に聴いていただきたいのです。お殿様よりも、他の高貴な方々よりも、貴方様に……。

しかし、お女中が手を引くので、後ろ髪をひかれながら大人しく廊下に進んだ。

今夜の御所望もまた、壇ノ浦のくだりだった。広間に居る貴人たちは同じ面子のようなのに、誰もが初めて聴くような期待と興奮でもって芳一を取り囲んでいる。

なぜそれほどまでに壇ノ浦を聴きたがるのか……ふと、問うてみたくなったが口答えをされたと思われてはいけない。気を取り直して撥を握る。

弾き、唄いながら、この数日で確実に己の壇ノ浦が変わってきているのを感じていた。肌身に感じるのだ。戦の無惨、熱気、血の匂い、その全てがより生々しく自分の内から湧き出てくるのを。戦場になど立ったことはない。命のやり取りをしたこともない。それなのに見えるのだ。血で真っ赤に染まった海、沈みかけた舟の舳先に立ち総身に矢を受けながら大刀を振り回す朗々とした声の侍が。あの男が——

「芳一さん！　芳一さん！」

ふいな大声と共に後ろから両腕を羽交い締めにされ、芳一は悲鳴をあげた。

「何をするのです！　離してください！」

まだ曲は終わっていない。まだ弾かねばならないのに。

「芳一さん、あんたとんでもない思い違いをしているよ。さあ帰るんだ。今直ぐここを離れないと大変なことになるよ！」

その声は阿弥陀寺の寺男の一人に違い無かった。

「離すのです！　この高貴な方々の前で無礼な振る舞いをすると容赦しませんよ！」

藻掻きながら寺男の腕から逃れようとしたがその力は強く、半ば引き摺られながら広間から連れ出されそうになってしまった。

「どなたか！」

呼ばわったが、あれだけ大勢いるはずの広間の聴衆の誰一人として声すらあげない。

「どなたか……！」

あの男を呼びたかった。しかし、芳一はその名を知らぬのだった。


寺男に引き摺られ阿弥陀寺に戻った芳一は、すぐさま住職の待つ部屋に通された。最初は熱に浮かされたように暴れ屋敷へ返せと強弁していたが、次第に落ち着き、熱い茶を飲まされるとやっと自分がどこに居るかを思い出したように項垂れて、大人しくなった。そしてこれ以上は隠し事はできないと悟り、あの男が初めてやってきた夜から今までのことを、ぽつりぽつりと話し始めた。

「芳一……お主は今大変に恐ろしい目に遭うておる。もう少しで命を失っておったのかもしれんのだぞ」

話を聴き終えると、住職は強張った声でそう言った。

「ですが私は何の乱暴もされておりません、ただ招かれて琵琶を弾いていただけで……」

「儂は盲のお主が夜中にどこに出かけるのか心配に思うて寺の者に後をつけさせたのだ。そうしたら、誰も居ない墓場にお主が座り込んで一人琵琶を弾いていると言うではないか。お主を呼んだのは間違いなく亡者の霊じゃ。お主は亡霊に誑《たぶら》かされておる」

「そんな」

芳一は青ざめ絶句した。亡霊など、そんなはずはない。確かにこの身はあの方の腕に抱かれたのに。

「自分が何処で琵琶を弾いていたと思う。安徳天皇の御陵の前ぞ」

「……！」

最早言葉も出ず、震えながら手を床に着いた。他ならぬ壇ノ浦のくだりで尼と共に入水する幼い天子が、安徳天皇その人なのだ。

「お主をおびき寄せたのは、平家一門の亡霊であろう。お主が琵琶で平家の物語を唄うのを知って、取り殺そうとしたに違いない。今宵は儂が側についてやりたいところだが頼まれた法事に出掛けねばならん。だが安心するがよい、お主の身体に経文を書いて、この世ならざる者どもから護ってやろう」

住職の言葉を聞きながら、必死に頭を左右に振った。

「ですが……ですが私は約束したのです。六日の間琵琶を弾き語ると――」

「まだ分からんのか！」

常にない大声で住職が怒鳴り、芳一はびくっと肩を跳ねさせた。

「このまま言うことを聞いていたら亡霊どもに八つ裂きにされてその身も魂も何もかもを食い荒らされてしまうのだぞ。そうなったらもう二度と琵琶は弾けぬ。成仏も出来ぬ。お主も永久に無明を彷徨う亡霊となってしまうのだぞ！」

芳一の目から涙が溢れた。

「私が間違っておりました……どうかお助けください……どうか」

琵琶が弾けなくなるのは、身を割かれることよりも亡霊となることよりも何よりも辛い。住職の前に両手をつき、震えながら深々と頭を下げた。


井戸の水で身を清め、芳一は本堂で一糸まとわぬ裸となり住職の前に立った。辺りには磨ったばかりの墨の匂いが漂う。

「今からお主の身体、余すところなく般若心経というありがたい経文を書きつける。さすれば亡霊にはお主の姿が見えなくなる。見えなくなれば、お主のことは諦めるであろう」

無言で頷き、住職の前に一歩踏み出した。

「美しい……」

独り言のような溜め息混じりの声がする。部屋には住職の他に手伝いの者は誰もいないようだった。

「このような美しい……若い身体を亡霊の餌食にするなど、御仏も決して望むまい……違いない……」

住職の筆先がひたりと芳一の胸に触れた。

「……っ」

墨の冷たさに肌が粟立つ。

「観自在菩薩《かんじざいぼさつ》　行深般若波羅蜜多時《ぎょうじんはんにゃはらみったじ》　照見五蘊皆空《しょうけんごうんかいくう》」

経を唱える声と共に、筆は肌の上を滑る。唇を噛み合掌しその肚の奥がざわざわするような感触に耐えようと、芳一も心の中で共に経を唱えた。

「度一切苦厄《どいっさいくやく》　舎利子《しゃりし》　色不異空《しきふいくう》　空不異色《くうふいしき》　色即是空《しきそくぜくう》」

余すところなく、というのは間違いでなく、筆は股座まで伸び一物の裏表までぬるぬるとのたくった。その妖しい感触に負けぬよう、芳一はただ一心に経を唱えた。


日が暮れた。

住職と寺男は法事に出掛けて行き、芳一は一人寺に残された。経文が書かれた裸の上に薄く透ける絽の着物を羽織り、静かに座禅を組む。傍らには琵琶と撥を守り刀のように置いていた。

決して動いてはならない。決して声を出してはならない。その二つを強く言いつけられていた。般若心経のちからでその姿は亡霊からは見えないが、声は消せない。盲いた者がわずかな音を頼りに事象を測るように、咳のひとつでも出したらたちまち居所が知れ身を裂かれ殺されてしまうだろう――そう住職は噛んで含めるように芳一に言い聞かせた。

「芳一」

がしゃり、と具足の音と共にあの声がした。芳一はぐっと首を強張らせ、必死になってその声を聞かぬよう耳を心を閉ざそうとした。しかし。

「芳一。芳一、おらぬのか」

声は次第に近付いてくる。訝しげに、少し焦りを滲ませ、姿の見えない芳一を探している。

「芳一……」

土足のままの足音が、すぐ傍らまでやってきた。少しの間の沈黙の後、びん、と突然琵琶の弦が鳴り芳一は肩をびくっと縮めた。琵琶には経文を書いていない。男には、主なき琵琶だけが見えているに違いない。

「芳一。おらぬのか。それとも……おらぬふりをしているのか？」

男の声が一段と低くなった。気付かれてしまったのかもしれない。御仏の法力を借り姿を隠していることを。男の迎えを拒んでいることを。

震える身体を抑えながら、胸の内で経を読もうとした。

「芳一」

しかしその時、突然耳に凍るような冷たい指が触れた。

「姿は見えぬ。声は聞こえぬ。……耳だけはここに在るが、耳の持ち主が見当たらぬ」

額に汗が一筋流れた。耳！　住職は耳に経文を書き忘れたのだ。今男の目には、芳一の耳だけが中空に浮かび上がって見えているのに違いない。

「しかし耳だけ在って持ち主がおらぬことなどあろうか？　芳一……芳一、どこにおる」

男の声は、耳の穴に直に流し込まれているように思えるほど近くから聞こえていた。ずっと聞いていたいと願った声が、今は世にも恐ろしい響きでもって芳一を呼んでいる。

男の指はやっとこのような力で芳一の耳を掴み、今にも千切らんばかりに引っ張っている。ここに居ります、と、今にも叫びだしてしまいそうだった。

「芳一……芳一。琵琶弾きよ。小鼠よ」

ほんの一瞬、男の声はあのとき、屋敷まで芳一を抱きかかえ連れて行ったあのときのように愛おしげに和らいだ。はっと息を呑んだ瞬間、ぐっ、とさらに強く耳を掴まれた。

「耳しか居らぬのなら、耳だけ連れて参ろう。さすれば我が御主君も得心なさるに違いない！」

鬼のような大音声と共に、一瞬で芳一の両耳はその身体からもぎ取られた。

芳一は悲鳴をあげなかった。

男の声が、絞り出すような怒りと哀しみに満ちているのが聞き取れたからだ。

痛みと流血で気を失う前に、千切られた耳は微かな声を拾い上げた。

「――もう、吾はお前の唄を聞くことはないのだな」

凪いだ海の小波のような、寂しい声だった。


法事から帰ってきた住職と寺男たちは、血を流し倒れている芳一を見つけ大慌てで医者を呼び手当をさせた。住職は身を折るようにして、何度も何度も己の不手際を詫びた。しかし芳一はその全てを微笑みながらいなし、よいのです、命があります、和尚様のおかげですと逆に繰り返し礼を言った。

ほどなくして耳の傷は治り、その奇妙な逸話が人づてに世間に広まり、芳一は「耳なし芳一」と呼ばれたいそうな評判になった。亡霊をも魅了した琵琶と唄を聴きに国中から貴人が集まり、金や贈り物が山と積まれた。芳一は高名な琵琶法師となり、大金持ちになった。

立派なお堂でよい着物を着て、芳一は今日も琵琶を弾く。

しかしその聴衆の中に、あの強くも優しい声を持った男は、もう居ないのだった。

待ち人来たりて（和解）

「宮……お前に嫌気が差したとか、ましてや飽きたというんやない。上の命令や。逆らえへんのや。それだけや。しようのないことなんや。分かってくれ。な……？」

霧雨の朝だった。雨漏りを避けて斜めに敷いた布団の上で、二人の男が素裸になって寝転んでいる。互いにまだ若く、髷《まげ》に結われた髪も黒々と輝いている。しかし布団もその周りに脱ぎ散らかされている着物も、ひどくみすぼらしく継ぎ当てだらけの代物だった。

「な、て言われましても、最初から僕は何も言うてへんやないですか。勝次郎はんの決めはったことや。よう口出ししませんわ」

宮と呼ばれたより年若いほうが、気怠げに欠伸をしながら言う。目尻の黒子が艶っぽい、細面の優しい顔立ちをしているが、目には老成しているようなどこか憂えた光があった。

「なんや、そしたらお前は俺が嫁さんもろてよそに行ってしもても構へんちゅうのか。薄情なやっちゃな」

「構へんわけでもないですけど、このままこっちに居はっても貧乏暮らしが続くだけですやろ。おいしい話があるんやったら、僕のことなんぞ気にしやんとどーんと玉の輿に乗らはったらええやないですか」

「あっさり言うなあ。俺はな、今日は刺される覚悟で抱きに来たんやぞ」

「そらおかしい。さんざん刺されたのはこっちのほうや」

「混ぜっ返すな。別れ話のついでに抱かれとんのやぞお前は。腹のひとつも立たんのか」

「腹なんぞ立てたって、減るばっかりでなんもええことあらしまへん。そないな元気があるなら、別のもん立てますわ」

くすくす笑いながら、宮は布団の中に潜り込むとごそごそとよからぬ悪戯を始めた。

「あっ、こら阿呆、何しとんねん人が真面目な……話、を――」

嗜める声はすぐに切羽詰まった喘ぎになり、冷えかけていた肌を火照らせ、若い男ふたりは、またしばし絡み合う。勝次郎と呼ばれた年嵩の男は最初こそ弄われるままになっていたが、すぐに宮を組み敷きその薄い身体を思うままに貪った。

ことが終わると、いつの間にか雨は上がっていた。天井や壁の隙間から柔らかい日が射す。勝次郎はまだらに光るうつ伏せたままの宮の背中を眺めながら、掠れた声で呟いた。

「……俺が行ったらお前、どうするつもりや」

「捨ててく男が心配ですか」

「嫌味なやっちゃな。お前のようなド助平、男無しでは三日ももたんやろう。自棄になってしょうもない奴に引っかからんか、それだけが気がかりなんや」

「まあ、今度はもっと羽振りのええ旦那に可愛がってもらうことにしますわ。僕も貧乏はそろそろ飽きた。大店の飼い猫よろしゅう太平楽に暮らしたいわ」

「……あのな」

「なんです」

「すまんかったな。いろいろと」

宮は顔だけ勝次郎に向けて、まるで赤子を見るような優しい笑みを浮かべた。

「何を謝ることがありますのん」

「何て、そら、あるやろ。お前とは……短い付き合いやないし。俺かて行きたないんや、しょうみな話。お前を連れて逐電《ちくでん》するんも考えた。どっか別の町で商人でもして暮らそ思てな。せやけど――」

「よしてくださいよ、みっともない。男の尻に執心して忠信をほりだすお侍がどこにおりますのん。所詮は陰間あがりと貧乏侍や。いずれこうなるんは、勝次郎はんかて最初からよう分かっとったはずや」

笑みを引っ込め眉をひそめ、勝次郎から目を逸らし宮は大きく溜息を吐いた。

「せんにも言いましたけど、僕もこのボロ家暮らしには飽き飽きしてたんや。若さと美貌があるうちに、ぼちぼち年増の後家さんでも引っ掛けて商売でも始めんとと思てたとこです。潮時も潮時、渡りに船ですわ」

今にも鼻で嘲笑いださんばかりの愛人の態度に勝次郎は苛立ちをおぼえたが、それ以上何も言うことはできなかった。


勝次郎の出立の日、見送りの中に宮の姿は無かった。

(薄情なやっちゃ、ほんまに)

幾年も睦み合い、時には他の誰にも言ったことのないような甘い言葉も囁いてやった相手も、別れるとなるとこんなに簡単に離れてしまうものか。

宮の言う通り、祝言をあげられるわけでもなし、いずれ別離がやってくるのは分かっていた。それでも出会ったばかりの頃は主君も息災で勝次郎の羽振りも悪くはなく、どういう形であれ宮との関係は長く続くと思っていた。それほどに相性が良いと感じていた。身体だけでなく、他愛ない世間話や酒や食い物の好み、気が塞いでいるときは何も言わずに猫のように背中に寄り添い眠ってくれる優しさ。どれもがこの上なく好ましかった。

だが主君が御家騒動で没落し、勝次郎の立場はあっという間に砂山のように崩れた。仕える主も無く貧窮した侍に世間の目は冷たかった。変わらず側に居てくれたのは宮だけだ。少なくとも、この前の朝までは。一抹の虚しさを感じたが、しかし、後ろめたい気持ちもある。

新しい主君の命で顔も知らぬ妻を娶り遠方に参じると宮や周囲の者には話したが、これには少しの嘘があった。主君の知古のさる高貴な家に年頃の娘が居ると聞き及び、自らその娘を娶るために打って出たのだ。勝次郎は男らしい容貌と体躯に恵まれ、弁も立った。娘の父親に気に入られるよう立ち働くのはわけもないことだった。こうして浮草の貧乏侍は、国守の家臣として申し分のない家督と家柄を手に入れることになった。

男と男、男と女の関係は別腹と考えられていた時代ではあった。それでも勝次郎の良心が痛まなかったわけではない。痛んだ。狂おしく痛んだが、それをおしてでも野望を取った。継ぎの当たった着物を羽織り、一膳飯のために家宝の刀を質入れしようかどうしようかと思い悩むしみったれた生活に、ほとほと嫌気が差していたのだ。侍として今一度身を立てたかった。そのために宮と離れることになろうとも、覚悟の上だった。

そうして、見知らぬ土地での生活が始まった。妻の結納の品と嫁入り道具で新しい屋敷は御殿のように麗々しく飾られた。箱入り娘の妻は手伝いの女中も大勢連れて嫁入りしたため、暮らしの一切合切に頭を悩ませる必要は無くなった。食卓も着物も屋敷も何もかもがきちんと美しく整えられ、それらは勝次郎をますます立派な男に見せ、その評判は領内にも知れ渡り、若くしてとんとん拍子に出世をしていった。

すずという名の妻は、良家の娘らしくきちんと躾けられており常に穏やかで物静かで、一切の口答えをしないばかりか、余計な話は一言も発しなかった。金持ちの娘であるのに贅沢は言わず、芝居や旅行にも興味がない。たまに女中と一緒に近くの寺にお参りに向かう程度で満足している。家の中の事に気を配り、出入りの商人の扱いも難なくこなし、我儘なところはひとつもないうえに器量もよく、この上ないよくできた女房と、こちらの方もまた評判になった。

勝次郎の人生は嘘のように順風満帆に走りだした。最初のうちは地元の水が恋しくなることもあったが、それもすぐに忘れた。

「お前のお陰や。俺はほんまに、国一番の女房をもろたわ」

夕餉の膳ですずに酌をしてもらいながら、勝次郎はすっかり血色の良くなった顔でにこにこと笑った。すずは生娘のように恥ずかしげに目を伏せたまま、ほんのりと微笑む。その首筋から、香のいい匂いが微かに香った。

寝食を共にしてだいぶ経つが、すずが乱れた装いや気の抜けた顔をしているところを一度も見たことがない。朝はどんなに早くても必ず勝次郎より先に起き身だしなみを整え、夜は褥《しとね》を共にした後でも決して先に眠ることはしなかった。これが家柄のよい娘というものかと少なからず驚いたが、寝顔を一度も見たことが無いというのも味気ないものだと、密かに思ってもいた。

盃を傾けながら、勝次郎はふ、と蒸し風呂のように暑かった郷里の夏を思い出した。

昼下がりに瓜を手土産に宮の家に向かうと、褌一枚で汗をだらだらかきながら床に大の字になって寝転がっていた。「おい、旦那が来たったいうのになんやその色気のない格好は。しゃんとしんかい」そう叱ると、目線だけちらりと上げて「今日の色気は売り切れや、一昨日来とくれやす」と言い放った。仕方がないので勝次郎が手ずから瓜を切ってやって、獣の餌付けのように口元まで運んで食わせたのだった。まったく、我儘で口の減らない男だった。

女房の眼の前で過去の思い出に浸っていたのに気付き、はっとして決まり悪く喉を鳴らした。あいつとの関係は終わった。今はこの家を、この妻を守り抜いていくことだけ考えればいい。そのためにも早く跡継ぎをこさえなければならない……。

閨《ねや》ではどうか灯りを消してくださいまし、というのが、すずの唯一と言っていい願い事だった。顔も見えない真っ暗い中で致すのには興が乗らなかったが、他に何も望まぬ妻のたっての願いを聞き入れないわけにもいかず、夫婦の契は常に暗闇の中で行われた。

閨の中でも、すずは物静かだった。初夜ですら袖を噛み締め苦痛の声ひとつ漏らさなかった。それは今も続いている。己の指先も見えぬような暗い部屋で、物言わぬ温かい身体を抱いていると、時折ひどく悲しい気持ちになることがあった。すずは勝次郎の誘いを拒んだ事は一度もない。それどころか「元気なややこが授かりますように」と布団に入る前にお祈りまで捧げている。そう、これは子を作る以上の意味は何もない行為だった。

（あかん）

思い出してはいけない、と思えば思うほど、宮の肢体がちらついた。それを追い払ってくれるはずの女の柔肌は目に見えない。どれだけ頭を振って歯を食いしばっても、いやらしく下品に、そして熱っぽく激しく絡みついてきた宮の手足が、薄っぺらい布団の上で鯉のように跳ねた滑らかな背中が、はしたない声が、気をやる時の泣きじゃくるような喘ぎが、呆けたようにただただ勝次郎の名を呼ぶあの声が、生々しく蘇り総身を苛む。

（あかん、あかんぞ）

しかし結局、いつも最後には宮の顔を思い浮かべて、達した。

そういうことを繰り返しているうちに、勝次郎も行き詰まってきた。未練がましいと嗤われるのを覚悟で文でも送るかと思ったが、しかし別れ際の宮が言ったことを思い出す。

（あの器量や。今ごろほんまにどこぞのぼんに囲われとるか、後家はんのヒモ暮らしでのうのうとしとるかもしれん）

いい着物を着て日がな一日縁側で横になる宮の姿を思い浮かべた。あの減らず口で新しい旦那を苦笑いさせ、それでも可愛がられて贅沢をさせてもらう。まるで見てきたかのように想像できた。そういう暮らしが似合う男なのだ。自分にはそれをくれてやる甲斐性がなかった。ゆえに、別れたのはやはり正しかったのだ……。そう考え、己を納得させたのだった。

月日は流れた。勝次郎の勤めはますます順調で、すずも変わらずよく尽くしてくれた。しかし、いつまで経っても赤子が出来る気配が無いのだけが物思いの種となっていた。

近頃は少しでも話がその方面に向かいそうになると、すずは済まなそうに身を縮めて頭を下げんばかりになるので、つとめて明るく、「あれはお天道様からの授かりものやさかい、焦ってもしゃあないわ。のんびり構えとったらええねん」と慰めるのがお決まりとなっていた。すずは心底赤子を欲しているようなのだが、相変わらず、閨は暗く、一筋の声も漏らさない。そこだけは頑なに、どうしても譲らないのだった。

そんなある日、すずが珍しく自分から勝次郎の書斎にやってきて、お願いしたいことがございます、と言い出した。聞くと、子宝祈願で有名な寺院にお参りに行きたいのだという。そう遠方ではないが女の足では行って帰るのに二日はかかる。その間家を空けてもよいでしょうか、ということだった。もちろん快諾し、道中疲れるとよくないからと籠の用意まで約束した。するとすずは涙を流さんばかりに喜び、わたくしは幸せ者でございます、と深々と頭を下げるのだった。

勝次郎は思わず照れた。愛妻ぶりは藩内でも知れ渡っている。女房に甘過ぎるからいつまで経っても子ができないなどと悪態をつく者までいる。全てを馬耳東風で聞き流したが、胸の奥は針で刺されたようにちくりと痛んだ。武士の男子としては、なるほど確かに女房を甘やかしているだろう。それが後ろめたさによるものなのを、己で理解していた。何度止めようと思っても、暗闇の中でその身体を宮に見立てて抱いてしまうその咎をせめて贖《あがな》うために、この儚いくらいに大人しい、か弱い女の言うことはなんでも聞いてやらねばと感じているのだった。

翌々日、旅支度をしたすずは、おようと言う一番目を掛けている女中と共に籠に乗って出掛けていった。おようはすずと同じくらいの歳と背格好をしており、はきはきした性格でよく働くので勝次郎も何かと頼りにしていた。実家に居た頃から姉妹のように共に育ってきたのだという。すずを一人で遠出させるのはいささか心配だが、しっかり者のおようが付いていれば問題ない。勝次郎は久方ぶりの独身気分を、広い屋敷で味わうことになった。

そうなると、久しく忘れていた悪い蟲がむくむくと頭をもたげてくるのを感じた。先の後ろめたさがあったので、長い間遊郭や茶屋の類には目線すら向けていなかったが、今日明日は独りなのだと思うとどうにもその衝動が抑え難くなってきてしまった。

少しく悩んだ後、勝次郎は結局出掛けた。

同僚との話によくのぼるこの辺りで一番の盛り場に、気のないふうを気取ってふらふらと歩いてゆき、自分を焦らすようにあちこちの店を冷やかし、やがて、その足はまるで引き寄せられるかのように、茶屋のある一角に辿り着いた。

空気の色が変わったような気がした。着飾った若い男たちが、それぞれに秋波を送ってくる。こめかみが痺れるような心持ちになる。つとめてのんびりと見えるように――その内心、ひどくそわそわしながら――通りを歩いて渡り、そして一軒の茶屋に目を付け、思い切って中に入った。

いらっしゃいまし、という店の者に向かって、勝次郎は考える前に口を開いていた。

「上方の子はおるか。歳はちょっと行っとってもいい……いや、歳が行っとるほうがええ」

座敷に上がりしばし待つと、付け廻しの者に連れられ陰間《かげま》がやって来た。背のだいぶ伸びた、しかしそれでも二十歳前くらいのほっそりした男が、愛想よく微笑む。初めて出会った頃の宮の年頃だ。喉がかっと熱くなる。

「……酒、注いでもらえるか」

「あら、お侍さまも上方のお人ですのん？　嬉しいわぁ。今日はうち、ついてますわ」

美しく結われた髪を揺らしながら、男はたおやかな仕草で酌をした。宮は茶屋を上がったあとは、こんな殊勝な真似はほとんどしなかった。それでも二人でよく安い酒を飲んだ。

（あかん）

また思い出している。この、宮より格段に若々しい、美しく雅やかな陰間を抱けば、きっと自分の中の宮を追い出してくれる。酒に焼かれた頭でそう考えた。そうや。はっきりと明るい場所で別の男を抱いたらすっきりするはずや――そう胸の中でひとり得心し、鼻息荒く陰間の手をぐっと掴んだ。

「いややわ、そないに焦らはって……うち、唄も踊りもお店で一番て評判ですんえ」

「そったらもんどうでもええ。脱げ。抱かしてくれ。今すぐにや」

陰間の目に野暮な客に向ける侮蔑の色がさっと掃かれたのを感じたが、構わずその身体を床に押し倒した。


勝次郎が自邸に戻ったのは、その日の夜遅くだった。今までに無いほどにぐでんぐでんに酔っ払い、出迎えの女中が下男を呼んで部屋まで運ばせないとならないほどだった。若い陰間の身体は、宮を忘れさせてはくれなかった。最後まで致すこともできなかったのだ。瑞々しい男の肌は、見れば見るほど宮を思い起こさせた。あちこちに散らばる黒子の場所も、どこを撫でればどう啼くかも、ひとつも忘れていなかった。そうしてようやく気付いたのだ。己が何よりも、誰よりも深く宮を愛していたことを。

侍にあるまじき酔態を家のものに晒しながら、勝次郎は布団の中で火に焼かれたように身を捩り涙を流した。どれだけ嘆いてももう宮をこの腕に抱くことは叶わない。自分が大変な間違いをしでかしたことに、ただただ打ちのめされることしかできなかった。

一日の後、予定通りにすずとおようがお参りから戻ってきた。その頃にはすっかり落ち着きを取り戻し、いつものようににこやかに妻を労い、旅の土産話を機嫌よく聞いてやり、善き夫の顔ですずを見つめた。

いつまでも乙女のようなすずの顔を見ながら、勝次郎は言った。

「その子宝祈願言うんは、ほんまに評判通りなんか」

「そう伺っております。たくさんの方がお参りにいらしていて、中には三人目、四人目を授かったと仰る方もおりました」

「そら凄い。そしたら……早速そのご利益、試してみるか。今夜」

にっと笑って見せると、すずは頬を染めて恥ずかしげに頷いた。


褥に入る前、いつも通りすずが行灯の火を消そうとするのを制した。

「二度は言わん。今夜だけでええ。灯りのついたまま、お前を抱きたい」

すずは当然最初は拒んだ。しかし腹でも斬らんばかりの勝次郎の気迫に圧されたのか、最後はとうとう小さく頷いた。

女房の顔を見て抱き、そして子が出来れば、そうすればもう自分は男として過去に何の未練も残さず未来のためだけに生きていく事ができるだろう――。そんな万感の思いを込めているのを知ってか知らずか、すずはやや緊張した面持ちで横たわった。

いつものくせで、手探りでその裾をはだけさせ、ことを始めた。すずは眠るように目を閉じ、唇を引き結ぶ。身体の力は抜いているが、それは到底愛する夫を受け入れる表情ではないように見えて、勝次郎はひどく焦りを感じた。

「すず」

思わず呼びかけるが、答えはない。まるで死人や人形を抱いているようだった。暗闇の中で抱くよりももっとうら寂しい心持ちが胸に襲いかかり、すがるようにすずの胸に顔を埋めた。

「俺にはお前だけや」

暖かく柔らかい女の身体を揺さぶりながら、そう繰り返した。

「お前しかおらへんのや。お前のために生きていくんや」

答えは無かった。勝次郎は奥歯を噛み締めながら物言わぬ妻の顔を見つめ、達した。

おやすみなさいまし、と今度こそ行灯の火を消すと、すずはすっと布団を抜け出て部屋から出ていった。毎度のことだ。今までは大して気にもせずそのまま寝入っていたが、その夜は違った。

そっと布団を這い出して襖を開けると、屋敷の片隅、台所のあたりに灯りが灯っているのが見えた。この時間は女中たちも皆寝ているはずだ。廊下を足音立てぬよう摺足で進み、灯りの方へ進んでいく。

台所に近付くと、ぱちゃぱちゃという水音と、小さな話し声が聞こえてきた。そっと中を覗き込むと、土間に盥《たらい》が置かれそこにおようが水を汲んでいるのが見えた。盥の前の上がり框には寝間着のままのすずが腰掛け、おようの動きをじっと見ている。驚いたのは、その顔だった。笑っていたのだ。それもいつものほんのりした微笑みでなく、おようが冗談でも言っているのか、歯が見えるほどに朗らかに笑っているのだ。初めて見る顔だった。

勝次郎は息を呑んだ。しかし驚くのはまだ早かった。水を汲み終えると、おようは笑いながらすずの両膝に手を掛け、慣れた手付きで大きく開かせるとその間に手を差し入れたのだ。すずは頬を上気させ、喉を仰け反らせてそれを受け入れた。

ややあって、おようが手を抜いた。そこには丸められた紙くずのようなもの――遊女が赤子が出来ぬよう女陰に仕込んでおく詰め紙が握られていた。

おようは忌々しげな仕草で紙を竈の中に放り込むと、盥に浸した手ぬぐいですずの女陰を丁寧に拭い始めた。そしてそれが済むと、二人はじっと見つめ合いながら互いの身体を抱き締め、慣れ親しんだ夫婦のように口を吸いあったのだった。

次の朝、書斎に呼んだ時から、すずは全てを悟った顔をしていた。これもまた初めて見る顔だった。

呼びつけたはいいが、何をどう言えばいいか分からなかった。まるで別人のように見える、何年も共に過ごした女房の顔を呆然と見つめながら、ただ時間だけがいたずらに流れていく。やがて、己の膝をじっと見ていたすずが顔を上げて言った。

「離縁してくださいまし」

肚からしっかりと出た声だった。嘆願以上の、最早命令に近いくらいの響きがあった。言い訳も無く、涙も無い。大人しく万事控えめで、消え入りそうにか弱いはずの女の両目が燃えていた。何があろうと、およう〔と〕離れるつもりはないのだ。この女は、最後まで愛する者の手を離さなかった女なのだ。

「このまま実家に戻されては、同じことの繰り返しになります。どうかわたくしどもを、尼寺へとやってくださいまし。それがご無理でしたら、このままここで斬って捨ててくださいまし。お願いいたします――この通りでございます」

そう一息に言うと、すずはぴたりと手を畳の上に置き、ゆっくりと頭を下げた。

気が付けば、秋になっていた。

勝次郎は郷里に戻ってきた。国守の家臣の地位も屋敷も捨て、いくばくかの蓄えだけを持って。九月も十日になるという時期で、冷たい風が薄野原を揺らしていた。この町に何かあてがあるわけでは無かった。いっそ江戸まで向かおうかとも考えたが、戻ってきてしまった。

日が暮れてきた。宿場に向かうつもりが、足は自然と別の方向に進んでいった。かつての宮のぼろ家があった場所だ。

あれから長い年月が経っていた。勝次郎はもう若侍とは呼べぬ貫禄が出て、誰から見ても立派な武士に成っていた。それでも、心の片隅には常に宮がいた。叶うことなら今一度、会って話がしたい。許されなくても許しを請いたい。自分がどれだけ愚かなことをしでかしたか、その胸で懺悔がしたかった。

月が昇ろうかというあたりで、ぼろ屋に辿り着いた。元からおんぼろの家屋はほとんど崩れんばかりになっており、庭には薄《すすき》と下草が生い茂っていた。とても人が住めるような場所ではない。やはり宮はどこかよそに行って暮らしているのだ。そう思ってその場を立ち去ろうとしたとき、朽ちた壁板の向こうに、灯りらしき何かが光っているのが見えた。

(まさか)

心の臓をぎゅっと掴まれたような気分になった。唾をごくりと飲み込むと、薄を分け入り家の中に入っていった。

驚いたことに、中はあの別れの朝そのままの光景だった。がらんとした部屋の中、せんべい布団が斜めに敷かれ、そして――その上に、男がひとり横たわっていた。

「宮」

掠れた声が出た。

「なんや、勝次郎はんやないですか。どないしはりましたの、こないな時間に」

くるりと振り向いたその顔は、あの朝から少しも変わっていなかった。勝次郎の両の目から堰を切ったように勝手に涙が溢れ出た。

「宮――宮、お前か。ほんまに、お前なんか」

「ちょっとちょっと、なんですの、泣いてはりますのん？　棘でも踏まはったんですか」

「あ……阿呆！　何が棘や。俺は、俺は……ずっと……」

もう言葉は出てこず、勝次郎は宮に駆け寄り崩れ落ちるようにその身をしかと抱きしめた。

「苦しい……苦しいですって。なんやの、もう。今日はえらいこと甘えたやなあ」

からかうようなその減らず口も、抱き心地も、肌の匂いも、何もかもが記憶の通りの宮だった。それがにわかには信じられぬまま、勝次郎はひたすらに宮に謝り続けた。俺が間違っとった、お前しかおらん、俺が阿呆やった、許してくれ――許してくれ。

「勝次郎はん。盛り上がっとるとこ悪いけど、そもそも僕、なあんも怒ってへんのやけど」

「せやけど――」

「言うたでしょ。最初っから、終わりが来るんは分かってた関係や。そいでも勝次郎はんは僕にまああまあようしてくれたし、悪い旦那やなかったですよ」

「まああかいな……」

「ま、贅沢はさしてもろた覚えはないな。……でも、こうしてまた会いに来てくれはるなんて、思ってもみなかったですわ」

くすぐったそうに笑って、宮は勝次郎の目をじっと見つめた。勝次郎は震える手でその目尻の黒子に触れ、再び強く抱きしめた。

「一日たりとも、お前のことを思い出さん日はなかった。もう分かった。俺とお前は添い遂げる運命や。陰間あがりと侍がどうとか言うとったが、そんなもん関係あるか。お前は俺のものや。俺はお前のものや。もう離さへん。絶対に離さん。これからはなんでも買うたる。召使い付きの御殿に住まわせたる。お前の望みは、なんでも叶えたる。それだけが俺の望みや。お前の側で暮らしてくのが、俺の運命やったんや」

きついほどに抱き締められながら、宮は、あ、と小さく吐息を漏らした。

「勝次郎はん……いやらしな。運命とか、ええかっこしいなこと言うてからに、もうこんなんしたはる」

あの耳に馴染んだくすくす笑いと共に、宮のほっそりした指が下腹に這わされた。勝次郎は思わず苦笑いし、それから宮の減らず口に口付けた。

「お前こそ、何年経ってもド助平は治らんやったか」

「さあ、どうですやろ。確かめてみはりますか」

一も二もない。宮の身体を懐かしい布団に押し倒すと、勝次郎は夢にまで見たその肢体を夜が明けるまですみずみまで愛撫し、繰り返し名を呼んで掻き抱いた。


冷たい風が頬を撫でた。まぶたの向こうから強い光が射している。

「ん……」

いつの間に眠ってしまったのか。起き上がろうとして、はたと辺りの様子がおかしいことに気付いた。昨日の夜は確かにぼろ家ながらも人の暮らしの匂いのしていた部屋が、まったくの廃墟に成り代わっていたのだ。

震えながら、勝次郎は己の傍らを見た。

そこには、わずかなぼろきれだけを纏った真っ白い人骨が、ものも言わずに横たわっていたのだった。

衝立（衝立の乙女）

今夏ひときわの暑い日だった。大音声の蝉の声で頭の中まで震えそうになりながら、私は地図を片手に長い坂を息をきらせて上がっていた。親の後を継いで始めた古美術商だが、出物というのは自分の足で探さないとやはりなかなか手に入らない。今日はつてを辿って紹介をしてもらった、ある蒐集家の家を訪ねることになっていた。

坂のてっぺんにあるその屋敷は、古めかしい平屋の日本家屋だった。ほとんど手入れのされていない、最早巨木となった庭木に建物が埋もれそうになっている。あふれんばかりの緑で、門をくぐると陽の光もろくに射さない。今日のような日にはありがたいが、冬場は随分寒いことだろうと思った。

玄関を開けごめんください、と言うと、ややあって嗄《しわが》れた声が応えた。家の中は庭と同じく薄暗く、盛夏であるのが嘘のように空気がひんやりしている。やがて、廊下の奥から一人の老人が姿を現した。

「いらっしゃい。どうぞ、お上がりください」

見たところ、八十はゆうに越えている感じの、どこか隠者的な雰囲気のある人物だった。しかしにこにこと愛想よく出迎えられたので、内心ほっとしながら手土産と共に家に上がる。広い屋敷だが、他に人の気配は感じられない。しんとしている。少しく不気味なものを感じて怖気づいたが、座敷に案内された途端に奇妙なものが目に入った。

床の間に、なぜか大きな衝立が置いてあるのだ。本来なら掛け軸など掛ける場所で、衝立を置くというのは珍しい。絹本が張られているようだが、絵らしいものは描かれていない。古色蒼然とした薄黄色い地の真ん中あたりが、脱色したようにぼんやりと白くなっているだけだ。

「お若い社長さんですな」

話しかけられ、はっとして、代替わりしたばかりなものでとか適当な返しをした。老人はにこにこしたまま頷くと、すっと立ち上がり部屋を出て、またすぐ盆に茶碗を二つ乗せて戻ってきた。

「あっ、どうかお構いなく」

「いえいえ、人手がないもので、不調法をお許しくだされ」

茶は熱かったが、すっかり汗が引いて肌寒いほどだったのでありがたく感じた。

改めて型通りの挨拶をし、天候のことや間に立って紹介をしてくれた美術商のことなど二、三世間話をしてから、目的の話を切り出した。

「――それで、左右商会さんが浮世絵のことならこちらに伺えば間違いないと仰ったので」

「ま、絵は確かに、古今東西のものをいろいろと集めておりますが、所詮無学な年寄りの道楽です。大したものは持っとらんのですよ。いやはや、左右の社長さんも人が悪い。しかしせっかくご足労をいただきましたし、何でもお見せいたしましょ。とりあえず、こちらなどいかがです」

すでに畳の上に並べてあったいくつかの桐箱のうちの一つを卓に乗せ、さっと蓋を開ける。そこには色も鮮やかな春画が入っていた。私は内心、まいったなと思った。春画は熱心な蒐集家も数多いが、うちの店では元々の取り扱いも少ないし、常連の中にこの手のものを集めている人もいない。売りにくい品なのだ。しかし、話に聞いた通り見事な絵であることは間違いなかった。

「自分はこの分野には不勉強なのですが、かなりのお品ですね。素晴らしいです」

「いやいや、お恥ずかしいですな。ま、身内にちょっとした目利きがおりまして、私は金を出して楽しんどるだけです」

身内。となるとこの屋敷には他にも人が住んでいるのだろうか。

老人は次の箱を開けた。そこには一枚絵ではなく一冊の草子が入っていた。なんということのない仕草でぱらぱらと表紙が捲くられる。

「これは……まさか、失礼ですが本物ですか」

「そのようですな」

それは浮世絵の始祖と言われる大家、『見返り美人』で有名な菱川師宣の筆に違いなかった。春画本で、やはり生々しい男女の交接が滑らかな筆使いで描かれている。思わず唾を飲み込んだ。これならうちの店でも買い手がつく。

「枕絵本と言いましてな。ま、その名の通り、わたくしなんぞ今でもこう、寝所で夜に眺めてですな、気分が出てきたところで細を呼びましてな――」

思わず苦笑いした。とんだ助平爺さんだ。しかしやはり、女房か誰かと暮らしているのか。絵とは言え人のまぐわいを集中して何枚も見ていると頭に血が上ってきたので、一息ついて顔をあげると、ふと、床の間の衝立と目が合った。不思議なことに、「目が合った」という感じがしたのだ。そこには何も描かれていないのに。

「その、そちらの衝立もまた随分と謂れがありそうな佇まいですね」

「さようですか。それは細も喜びます」

「奥様のお持ち物ですか」

嫁入り道具か何かかな、と思ったが、老人はにやりと嘲笑うと、箱の蓋を閉めた。

「――俳人の青木鷺水がこのようなことを書いておりました。『中国や日本の書物には、魔性を持つほどに美しい絵の逸話が沢山残っている。名高い画家が描いたそのような極めて美しい絵は、花鳥であろうが人物であろうがじっさいの意思を持ち、紙や絹本から離れてこの世に飛び出てさまざまなことをする』」

突拍子もない語りに、私は随分ぽかんとした顔をしてしまったのかもしれない。老人はまた笑い、一旦茶を啜りさらに続けた。

「わたくしの好きなお話がありましてね。昔々、京都に住む若い書生が出先でふらりと古道具屋に入った。冷やかしのつもりでしたが、店の奥である品を見つけてしまう。それが衝立。大きな衝立で、絹地に描かれた絵が張られている。一人の若衆の立ち姿で、涼やかでなかなかいい絵だったんですなこれが。値も手頃なので、書生は思い切ってその衝立を買ってしまった――」

老人は語り続けた。

書生は気まぐれでその衝立を手に入れたつもりだったが、自宅に持ち帰りこれを部屋に置いてみると、見れば見るほどその若衆の姿が素晴らしい筆致で描かれているのに気がついた。前髪も艶やかな若々しい姿、青竹色の着物の清廉さ。蓮の花のような清らかな色気のある顔立ち。その涼し気な目元は悩ましげに書生を見つめ返し、薄い唇は今にも何かを語りだしそうな趣があった。時間が経つのも忘れ、書生は衝立の前に座してそれを見つめ続けた。見つめれば見つめるほど、不思議なことに絵は輝きを増していくようだった。

まるで生きた人間を絹地の中に閉じ込めたようだ。こんな絵は、きっと実際の人物の姿を写し取って描かれたに違いない……そんな事を考えた。衝立はだいぶ古いもののように見えた。この若衆も今はもう前髪を落としているだろう。もしくはもっと年老いてしまっているか、それ以上か……。

その夜、書生は衝立の前に布団を敷いて寝ることにした。眠りに落ちるその寸前まで、絵を見つめていたかったからだ。

灯りを落とした部屋の中でも、その絵姿はぼんやりと白く浮き上がって見えた。まるで絵そのものが不思議な力で自ら光っているように。

「お前はいったい、どこの誰なのだい」

書生は布団に横たわりながら問いかけた。

「お前のような美しいひとがもし本当にいるのなら……どうにかひと目会いたいものだ。会って、その声や動く仕草を見たい……ひと目でいい……」

本当は書生はそれ以上の欲望を抱き始めていたが、口にするのはためらった。絵の中の男に聞かれて軽蔑されるのが嫌だととっさに思ったからだ。書生の名誉のために言うと、彼は決して迷信深いたちでも夢見がちな男というわけでもない。それどころか日頃は理屈屋で通っていた。だがその時は思ったのだ。この絵は自分の声が聞こえているかもしれない、と。

いつの間にか落ちていた眠りの中で、書生は深い霧の中に居た。乳色の柔らかな霧は己の足元も見えないほど濃く、おろおろと行き先も分からず歩き回る。

しかしそのとき、一瞬、霧の向こうに青竹色の着物の裾が翻るのが見えた。

思わず声を上げてそれを追いかけようとした。しかし夢の中では手足はもどかしいほどに動かない。どんなに急いで走ろうとしても、じりじりとしか進まない。歯を食いしばりながら必死に走ろう走ろうとして――己の呻き声で目が覚めた。

「あなたは――!」

夜明けのほんの少し前。外はまだ暗いが僅かな光が窓の向こうから射していた。汗をびっしょりかいて起き上がると、当たり前に、衝立は寝る前に置いたそのままの姿で見下ろしていた。

その夜から、書生の生活は全てが衝立の絵を中心とするようになってしまった。朝に夕に絵の中の男を見つめ続け、焦がれ、部屋から一歩も出ずに過ごす日も増えた。それまで熱心に打ち込んでいた学問も手につかず、食事も忘れるので身体は痩せはじめ、目つきは虚ろになっていった。

ただ絵が美しいだけで、たかが衝立にこんなにも心を奪われていいはずがない。最初の頃は書生自身も、そのようなことを思わないでもなかった。しかし起きている間はいい。夜の夢が彼をますます衝立の男にのめり込ませるのだ。見るのはいつも同じ、濃霧の中を彷徨う己の姿と、袖や裾しか見せぬあの男。あと一歩で追いつく、手が届く、そしていつも、それは叶わない。

せめて名が呼べれば。名を呼んで、待ってくれと言えれば。夜明けに涙を流し虚空に腕を突き出しながら目を覚まし、打ちひしがれた気持ちで衝立を見上げるのだった。

そして間もなく書生は衰弱し、床に伏せるようになった。見かねた周りの者が医者を呼んだが、叶わぬ恋慕につける薬などない。手の施しようもなく、このままでは死んでしまうと誰もが思った。

そんな時、ふらりと旧知の学者が家を訪ねてきた。世事に長け機知に富んだこの年上の友人は風の噂に書生の病を知り、はるばる見舞いに来てくれたのだった。

「一体全体どうしたってんだ。ひどい面して、まるで幽霊だ」

枕元で学者は呆れた声をあげた。

「私はこのまま、ここで死ぬのが運命のような気がします」

掠れた声で言うと、書生は寝床からまた衝立を見上げた。絵の中の男は、当然微動だにせずただそこに在るだけだ。学者は思案すると衝立に近づきじっくりそれを検分した。

「成程、成程。これはただの絵じゃあない――お前さんもそう思ってるだろうが、こいつは菱川師宣の作だよ。美人画の大家さ。なあ、どうしてこういう総身の立ち絵が、それも何枚も刷れる木版じゃなく一点物の肉筆で描かれたか分かるかい。この絵はまさに『ひとの代わり』なんだ」

学者は目を細めた。

「金が切れたか縁が切れたかでもう会えなくなった遊女や陰間を、絵姿だけでも側に置きたいって未練のある奴が、こういう立ち絵を注文して描かせる。これもきっとそういう絵だろうね。誰かが、この描かれた男に深く懸想した。その絵姿を手元に置きたいと願った。それを菱川ほどの腕前の者に頼むと、こうなるのさ」

「こう、とはどういうことでしょう」

「魂まで描いちまう」

書生は落ち窪んだ目で再び衝立を見た。絵に魂が宿っていると言われ、それを否定する心持ちはもはや消え去っていた。逆にそうでなければおかしい。でなければ、なぜここまで自分を魅了してしまうのか。

「……先生、私もどうにかしてあの絵の中に入れませんでしょうか。あのひとがこの腕に抱けないのなら、現世で生きていても意味がありません。いっそ早くこの肉体など捨て去って、私も魂となりあの絵に乗り移りたい」

「おい、縁起でもないことを言うんじゃないよ。それにお前さんが絵の中に入る必要はない。この御仁を絵から引っ張り出してやればいい」

「そんな――そんなことができるのですか？　本当に？」

学者は枕元に腰を下ろし、腕組みをして答えた。

「唐国の説話でお前さんのような男の話を読んだことがある。そいつは絵の中の乙女を現世に呼び出すために、まず彼女に名前をつけて、返事をするまで毎日毎日呼びかけたそうだ」

書生ははっとして思わず痩せた身体を起こした。そうか、名が分からないなら名付けてしまえばよいのか。

「呼べば、返事をしてくれるでしょうか」

「心をこめて根気よく呼べばいつか必ず応える。そうしたら酒を用意するんだ。それもただの酒でなく、百軒の酒屋から一杯ずつ買ってきた酒を瓶に溜め、それを上等の盃に注いで差し出す」

「それから……？」

「そこから先は、お前さんとこの絵の若衆が決めることだ。どうだ、出来そうかい。何よりね、それを成し遂げるためにも、ちゃんと毎日飯を食って元気にならなきゃいけないよ。分かるな？」

書生はしっかりと頷いた。この衝立の男が目の前に現れてくれるのなら、命だってくれてやっても構わないつもりだったのだから。

さて、実は学者は書生があまりに衰弱しているのを見かねて少しでも気力を取り戻してもらいたいと先の説話を話したのだが、絵の中の若衆に心の底から惚れ抜いてしまった書生はそんな気遣いになど少しも気付かず、唐国の説話を一言一句真実のものとして信じ込んでしまった。

「名前……名前を付けないと……」

この美しい姿に似合いの名前など、一朝一夕には思い浮かばない。ありきたりの名ではいけない――そう悩みに悩んでいるうちに、いつしか気を失うように眠りに落ちていた。

夢の中、書生は再び濃霧の中に彷徨い出ていた。衝立を買って以来、これ以外の夢を見ることは一度も無かった。

また、追っても掴めぬ姿を追いかけるのかと思った瞬間。さっと霧が晴れた。

「あっ」

嘘のように鮮明に、あっけないほど軽やかに、男の姿が目の前に現れた。絵ではない、血肉を持ったひとの姿として。透き通った頬の下に流れる血潮まで見えるほどに、その姿は生々しく、間違いなくそこにあった。

声も出せぬほど驚いていると、男は微かに微笑み、また霧の中に消えていった。微かに、焚き染めた香が薫った。

これは本当に夢なのか。それとも、

「真《まこと》か――」

書生は目を覚ました。夜は明けていた。そして衝立の男の名も決まっていた。

起き上がり、きちんと身なりを整えて衝立の前に正座をすると、書生は繰り返しそこに向かって呼びかけ続けた。真――真と、何度も。一回一回、心をこめて。

最初の日。絵は応えなかった。だが夜の夢では再びそのかんばせを現し、困ったような、くすぐったそうな、なんとも言えない微笑みを残して消えていった。聞こえているのだ。書生はそう確信した。呼び続けた。幾日も幾日も根気よく。それは傍から見れば間違いなく気の持ちようがおかしくなったと思われても仕方のない様子だった。周囲の人間は気味悪がり、大家でさえも家賃を取りに来るのをためらうほど。それでも書生はまったく気にせずただ一心に真と名付けた衝立の若衆を呼び続けたのだった。

もちろん夢の中での、逢瀬とも呼べないほどの逢瀬も続いた。「真」は姿は見せるようになったがやはり指一本と触れさせず、焦らすように身を翻し去ってしまう。声のひとつも聞かせてくれない。しかし昼と夜とそんなつれない仕打ちをされても、想いは涸れるどころかますます滾々《こんこん》と湧き上がってくるのだった。

呼びかけが始まってひと月近く経ったころ、再び学者が家にやって来た。書生がまだ衝立の中の男と契るのを諦めていないと聞いて、彼は適当な気休めを言ったのを深く後悔していた。

「俺が間違っていた。この通り頭を下げて詫びるから、もうその絵のことは忘れてくれ。今真人間に戻らなきゃ、お前さん一生を棒に振っちまうよ」

友の真摯な訴えにも、しかし書生は耳を貸さなかった。

「何の間違いがあるものですか。先生の言う通りあれから毎日名前を呼んでおりますが、そろそろ応えてくれそうな気配がするのです。夢の中でも時折私をじっと見つめることが増えてきて――」

「夢の中？　いよいよこれは重篤だ――仕方ない、腕ずくでやらしてもらう。おい、今すぐ一緒に来るんだ。その絵から離れないと、早晩お前さんは死んでしまうよ」

そう言うと学者は座ったまま動かない書生の背中を羽交い締めにし、引きずるように衝立から離そうとした。

「何をするのです、やめてください！　私は彼と離れるつもりはありません。なぜそんな非道なことをするのです」

「非道だと？　言ってくれるじゃねぇか。俺はお前のためを思ってこうしてんだ。なあ、頼む。見ていられねぇよ、正気に戻ってくれ。賢くて呑気屋だった元のお前に戻ってくれよ」

学者は涙ながらにそう訴え、友の身体を掻き抱いた。涙で肩を濡らされ、書生はさすがにはっとして暴れるのをやめ、おずおずと学者の肩を抱き返した。

「先生――先生、申し訳ありません。あなたをそこまで悲しませていたなんて……。どうか泣かないでください、私も悲しくなってしまいます」

「一緒に来てくれるか。お前が正気に戻るなら、俺は何だってしてやるつもりだよ。こうなったのには俺にも責がある」

涙も拭わぬまま、学者は額を書生の額に寄せて訴えた。

「ですが……どうしても今すぐこのままというのは、気持ちの収まりがつきません。どうかあと一晩、一晩この衝立と過ごさせてください。あと一晩のうちに彼が何も応えなかったら、それですっぱりと諦めますから……」

書生の言葉を聞いて、学者はしぶしぶと帰っていった。明日の朝には迎えに来ると言い残して。

再び、衝立と二人きりとなった。書生はある覚悟を決めていた。もし今夜も衝立の中の男が応えぬのなら、夜明けを待たずにこれを自分の身に括り付けて入水をしようと。

「今夜は私は眠らないつもりだ。気力が尽きるまで……いや尽き果てても、ここでお前の名を呼ぶよ。どうか、どうか少しでも私に心があるなら応えておくれ。ひと声だけでもいい。それが聞けたら、もうどうなっても構わない。地獄に堕ちたってかまやしない。分かってくれるかい、真……」

「はい」

書生はひゅっと息を呑み、正座をしたままその場からぽんと飛び上がった。

「き、聞き間違いかね。耳がおかしくなってしまったのかな。なあ、今聞こえたのは、お前の声かい？　真や……」

「はい」

もう間違いはなかった。書生は慌てふためいて用意していた酒を盃に注ぎ、震えながら衝立の前に差し出した。

すると、さらり、と衣擦れの音がした。

絹本の地がまるで水面のように柔らかくたわみ、そこから下駄と足袋を履いた足先が滑るように現れた。青竹色の、あの何度も夢の中で後を追った着物の裾が、さらさらと乾いた音を立てながら続いて出てくる。

口を開け、呆けてただ震えている書生の眼の前に、ついに現れた。恥ずかしげに微笑みながら、花びらが舞い落ちるような優雅な仕草で膝をつき、細い指で書生の手から盃を受け取った。絵の中よりも、夢の中よりも、何倍も美しい前髪の若者がそこに居た。

「どうしてそのように、私を慕ってくださるのです」

川のせせらぎのような心地よい声が問うた。

「わ……分からない。でも私にはお前だけだ。お前さえいれば他に何もいらない。お前がいなければこの世は無だ」

からからに乾いた口でつっかえつっかえそう言うと、「真」は何故か切なげに秀眉を寄せ、より小さな声で言った。

「そのようなことを言っても、いつか私に飽きてしまうのではありませんか」

「そんなことは決して無い！　例えこの身が焼かれようとも、最後の瞬間まで……いや死んで朽ちても七生の間お前だけを想うと誓う！」

「でも……」

真は曇った表情のまま、ためらうように書生の着物の袖をつ、と引いた。

「あなたには、随分親しい人がおありのようじゃないですか……。あの人と私なら、どちらを想ってくれるのです？」

まだ乾いていない自分の肩に視線が注がれているのに気づき、書生は思わず真の手を握った。

「まさか、やきもちを妬いてるのかい、お前は。私と先生が理無《わりな》い仲だと思って、それでこうして応えて出てきてくれたのかい？」

真の頬がさっと赤く染まった。書生はもう胸がいっぱいになってしまって、泣き笑いの顔でその細い肩を優しく抱き寄せた。

「誤解だよ、そんなことは絶対にない。先生のことは尊敬しているが、それ以上のことは今まで一度だって起こったことはないよ。私にはお前だけだ。何万回でも言ってやる。今までもこの先も、愛しているのは真だけだよ」

そう必死で食い下がると、やっと真の顔に笑みが浮かんだ。

「本当ですね？　少しでも意地悪をしたら、私は衝立の中に戻ってしまいますからね」

「命よりも大切にすると誓うよ。望みは何でも叶える。欲しいものは全て手に入れてやる。

どんな我儘だって聞く。さ、何でも言ってくれ。お前が私に求めるものは何だ？」

そう言うと、真はふいに身体の力を抜いて、書生の胸に身を預けた。

「愛して、くださいますか……今、ここで」

「――その一言を聞いた書生はたまらず真の身体を畳の上に押し倒し、ついに着物の裾に触れそれを割り開き奥の院に手を伸ばし……こう……」

身振り手振りを交え恍惚と語り続ける老人に呆気にとられながら、私は小さく咳払いをした。

「おっと」

悪びれもせずにこっとして、老人は話を止めた。

「長話になってしまいましたな」

「い、いえ。面白いです。絵に魂が宿るというのは決まり文句としてはよく聞きますが、姿形を持ってこの世に出てくるというのは愉快なお伽噺ですね。ちょっと恐ろしい気もしますが」

「社長さん、これは決してお伽噺ではありませんよ」

「はあ……？」

「そら、御覧なさい。これがその衝立なのです。真ん中が白く抜けてるでしょう。これが「真」

の出てきた後なわけです。書生は己の誓いを守ったんですな。彼の想い人は絵の中には終生戻らなかった。永年仲よく、いついつまでも二人きりで睦み合ったのです」

老人はけらけらと高らかに笑った。そこでやっと、この奇妙な人物にからかわれているのに気付いたのだった。

すっかり毒気にあてられて、私は早々に帰る旨を伝え屋敷を出た。あの菱川の枕本は何としても手に入れたいが、どうにも気味が悪い。まだ口が悪かったり頑固爺さんの方が腹の中が読める。

屋敷の外に出ると、そこはまるで世界が違ったように暑く騒がしく、夏の午後らしく空気が滾っていた。普段はいとわしいその熱気が今はありがたい。しかし坂を半ばほど下ったところで、帽子を屋敷に忘れてきてしまったのに気が付いた。

舌打ちして坂を引き返し、再び屋敷の門をくぐる。

その時、人の声が聞こえた。

老人ではない。もっと若い、澄んだ男の声だ。

声のする方に行ってみると、生い茂る庭木の向こうに縁側が見えた。かすかな木漏れ日の中、すらりとした着流し姿のごく若い青年が濡れ縁に腰を下ろし、盥に張った水に足を着けている。遠目で見ても、その青年が並外れて美しい容姿をしているのが分かった。まるで一幅の絵のような……そんな陳腐な形容が思い浮かぶほどに。

「さ、水菓子だよ。好きだろう、お食べ」

縁側に老人が現れた。手に盆を持ち、うやうやしささえ感じるほどの丁寧さで青年の傍らに置く。

「いりません。さっきのおかしな人が持ってきたのでしょ」

「菓子に罪はないじゃないか。まったくお前というやつは、こんな爺にまだ妬いてくれるのかい。なんて愛おしい」

老人はそう言うとごく当たり前のように青年の細い顎に手をかけ、口付けた。

「私にはお前だけだよ、真」

私の足の下で、小枝が折れて小さな音を立てた。二人の目が私の目を捉えた。逃げなければ、と本能が叫んだが、足は夢の中にいるように、動かなくなっていた。

狂恋（生霊）

見目形のことなんて、どうだっていいんです。私に見えていたのはそんなものじゃなかった。ほんの些細な……でも何よりも、大切なものを見ていました。あの人の、大切なものを。誰よりも早く起きて丁寧に店の掃除から始めること。粗相をした丁稚は厳しく叱るけど、決して後を引いたりねちねちいびったりはしなかったこと。親を亡くして郷里に帰る子に自分の懐から香典だと言って余分にお金を持たせてあげたこと。女中や新入りにもぞんざいな口は聞かないこと。お客さんの顔や名前や好みを全部覚えていること。店の中の品ならどんな安物だって丁寧に丁寧に扱うこと。内緒にしてたみたいだけど、焼き芋が好物なこと。みんなが邪険にしていた汚い野良犬にこっそり芋をやってたこと、その犬っころが往来で死んでいるのが見つかったとき、しばらく寂しそうな顔をしていたこと。私のことで陰口叩いてた職人を叱り飛ばして喧嘩して、出入り禁止にしちゃったこと。私を見るとき、いつだって笑ってくれたこと。ひとことだって、例え冗談混じりでだって、私を悪く言うことはなかったこと……。そういうところを、ずうっと見ていたんです。粋だとか色男だとか気風がいいだとか、そんなことは私には分からない。あの人はよくそう呼ばれていたけれど、私に言わせれば、そんな言葉はあの人の何も表しちゃいない。見てくれや着こなしや仕草なんかじゃ分からない、あの人だけの美徳があのかんばせの中にはちゃんとあった。私はそれを見ていたんです。私にはそれが見えていた。見てくれなんて、小さな、どうでもいいことだったんです。

いえ、だからと言って、あの人の姿がいいのは私だって当然分かっています。霊岸島でいっとうの男前は役者でもなきゃ火消しでもない、瀬戸屋の六兵衛さんだ、って誰もが噂してた。あの人目当ての客がいっぱい来るから、瀬戸屋は瀬戸物屋じゃねえあれじゃまるで芝居小屋だって、口さがないひとたちが言っていたのも知っている。私はほとんど屋敷の外には出られなかったけれど、そんな身にも評判が届いてくるくらい、あの人の男ぶりは有名だった。見れば分かります。嫌でも分かる。それこそ瀬戸物みたいに色が白くて、それでいてりゅうとしていて、立ち居振る舞いの清潔なことと言ったら。ぞろりと着崩した傾き者の好さなんて私にはちっとも分からない。八百八町探し回ったってあんな人は二人といない。いつ見たって生まれたてみたいに穢れがなくて、そのくせ仙人みたいに落ち着きはらってた。

ねえ、でも、噂好きな人たちは知らないでしょう。寒い日にわざわざ仕事の合間を縫って私の部屋までやってきて、こんなつまらない病人に優しく話しかけてくれたあの人のことを。血の繋がった親きょうだいにも疎まれていた私を、何かと構ってくれたことを。冷えきった私の手をそっと握ってくれたことを。温かかった……本当に、温かかった。あの人の手。大きな手。

絶えず、ずっと、あの人を見ていた。寒い季節は余計にあの温かな人柄が沁みたものです。ほんとは冬は嫌いだったんです。春分が過ぎるまで、私は毎年床に臥せってばかりいたから。お正月の賑わしさも初売りの忙しさも全部ただ寝ている間に過ぎていく。何一つめでたいことなんかない。布団の中はまるで棺桶みたいで、そこに入りっぱなしの私は生きているのに死人みたいで……いっそほんとに死んでしまえば煩わしさも消えるのに、それすら叶わないで歳だけとっていく。その間にきょうだいたちはよその店に奉公に行ったり学問を積んだり、いっぱしの、瀬戸屋の看板を背負う人間になるための修行を積んでいて……。

私は家の中で、いるのにいないような扱いをずうっとされていました。厭わしい、恥ずかしい、出来損ないの長男坊。奥まった部屋をあてがわれ、三度の食事を与えられていただけありがたいと思わなければいけなかったんでしょう。私は贅沢なんでしょうね。でもね、病床の暮らしというのは、あまりに退屈です。それを何が紛らわせてくれると思います。病の苦しさくらいしかないんですよ。苦しさ痛さだけを共連れにただ生き続けることが、どれだけ……

やめときましょう。愚痴を言いたいんじゃあないんです。そう、あの人のこと……私が物心ついたときには、あの人はもう丁稚として瀬戸屋で働いていました。うちはそんなに大層な大店ではないけれど、それでも決まりごとはいろいろあったし父も厳しい人でした。辞めていく子も多かったけれど、あの人は泣き言ひとつ言わずに毎日よく働いたそうです。そんな子供の時分から、並外れた根性と才覚があったんです。

初めて言葉を交わしたときのことは、はっきりと覚えています。私はまだ、八つになったばかり。やっぱり春分前の寒い日だった。その日はたまたま塩梅が良くて、だから余計に退屈していました。庭でも眺められればまだましだったけれど、鞘の間の向こうの雨戸までぴっちり閉められていて、外の様子はなんにも分からなかった。

でも不思議なもので、そういう静かで退屈な暮らしをしていると、ひどく耳が利くようになるんです。だから明り取りの障子の向こうで、誰かがふーっと息を吐いているのがよく聞こえました。

私は……今もそうしていますけれど、よく耳を澄ます子供でした。横になったまま、僅かな音を拾い上げて、部屋の外で何が起こっているのか想像をたくましゅうするんです。その吐息は、大人のものではないようでした。身軽そうな足音、じゃらじゃらと箒で地面を掃く音。合間合間に、ふーっと息を吐く。丁稚の誰かが庭を掃除しているのは分かりました。でも、息を吐くのがなぜだか分からない。そのうち私はどうしても我慢ができなくなって、そっと起き上がって、障子窓を開けたんです。

「わっ」

すぐ近くに、私より五つ六つほど歳上に見える子供が立っていました。自分の背丈より大きな箒を脇に抱えて、真っ赤にかじかんだ手にちょうど息を吹きかけようとしていたところ。びっくり眼《まなこ》で私を見て、不思議そうに首を傾げました。

驚いたのは、私の方も同じです。自分の家にたくさんの人が住み込んで働いているのはなんとなく知っていましたが、身の回りの世話をしてくれるのは女中だけでしたから。丁稚の男の子を見るのは、それが初めてでした。

「誰だい、お前《めえ》。子供がそんなとこで何してんだ?」

自分に話しかけられている、と分かるまで少し間が空きました。だって、そんなことめったにない事だったから。また首を傾げられて、私は慌てて答えました。

「祥太郎……」

「祥太郎……あっ、ぼ、坊っちゃんでしたか。これはとんでもねえ失礼を……」

そう言ってその子が突然箒を放り出して深々と頭を下げたので、私はなんだか急に嫌な気持ちになってしまって、ぴしゃっと障子を閉めてしまいました。

胸が鳴っていました。また具合が悪くなってしまったのかと思いました。八つの私の中に、あの時、それまで無かった色んな気持ちが植え付けられてしまったのです。私の胸の内は、あのふーっという音と、まんまるに見開かれた目と、気まずそうな声でいっぱいになってしまって、頭がぼんやりして、熱っぽくなって……そのままほんとに熱を出して寝込んでしまいました。

二、三日は臥せっていたと思います。熱の合間に夢を見ました。私も丁稚の格好をして、病なんてうそみたいに庭を駆け回っている夢。側にいるのは、あの箒の子です。目を覚ますと、それはもちろん幻で、悲しくなって布団を被ったまましくしく泣きました。

何日か経ったある朝。私は小さな足音で目を覚ましました。すぐにあの丁稚のものだと分かりました。私は本当に、耳がいいんです。誰も知らないことですけれど。足音は障子窓のところで止まりました。何かごそごそした気配がします。思い切って起き上がって、また、ぱっと窓を開けました。

「あっ」

また同じ、びっくり眼が私を見つめました。

「なにをしてるの」

今度は私から尋ねました。すると丁稚は……あの人は、決まり悪そうに頭を掻いて言いました。

「坊っちゃんがご病気だって聞いたんで、この前のお詫びに、これを持ってきやした。その、南天は魔除け厄除けになるって婆ちゃんが言ってたから……」

差し出されのは、赤い小さな実をいっぱいに付けた南天の枝でした。それを、私はどんな顔をして受け取ったのか。真っ赤に輝いている南天は、どんな金銀財宝よりも美しく見えました。誰かに、こんな風に物を贈られたのはこれが初めてのことでした。

「おいらは六蔵と申しやす。祥太郎坊っちゃん、早く元気になってくだせえ」

そう言ってお天道さまみたいに笑ったあの人に、私は何と答えたのか。それがどうしても、思い出せないのです。

あの人はそれからちょくちょく、人目を盗んで部屋にやってくるようになりました。一日中閉じこもりきりの子供を哀れに思ったのでしょう。店の様子、仕事の様子、町の様子。いろいろ語ってくれました。それはどんな絵草子よりも刺激的で、愉快で、私は夢中になって話をせがみました。退屈で退屈で、病よりも退屈で死んでしまいそうだった私の暮らしを、あの人がまるきり作り変えてくれたんです。

生きていたい、と願うようになったのは、あの時から。生きていれば、あの人の話が聞けるから。元服は迎えられないでしょうと医者に言われていた私ですが、いつしか前髪を落とし、なりだけは立派な大人になるまで生き延びました。そう、命の恩人でもあるんです。あの人は。

先にも言った通り、あの人は丁稚の中でも飛び抜けて秀でていました。真っ先に手代に出世すると、ますますよく働いて瀬戸屋を盛り立ててくれました。その頃にはもう美男ぶりが評判になっていて、あちこちのご新造さんや武家の奥方がお忍びでこっそりあの人を見世物みたいに見に来たそうです。よその大店のお嬢さんがあの人のために百個も茶碗を買っていったり、付け文や贈り物が毎日毎日届いたり。そういう噂は女中たちの話から盗み聞きしました。そりゃ、聞いてて気分のいいものではありませんでしたけれど、でもくすぐったいような気持ちにもなりましたよ。誰もがお金や物を贈って気を引きたがるあの人から、私はあの小さな南天を贈られていたのですから。

手代の仕事で忙しくなると買い付けのお供で江戸を出ることも増え、あの人はあまり部屋には顔を見せなくなってしまいました。それでも遠出から戻ると、ちゃんとお土産を持ってきてくれるのです。珍しいお菓子だったり、御札だったり。それはあの人の無私の、まったくの清らかな心遣いでした。少しの邪心も無かった。当然ですよ。私に取り入ったって、何もいいことなどありませんもの。

あの人は背が伸びて、声が太くなって、どんどん大人の男になっていった。祥太郎坊っちゃん、と私を呼ぶ声も、初めて出会った時からはずいぶん音色が変わりました。でも、あの温かい手と眼差しは同じ。これは思い違いや妄想ではないと信じていますが、きっと、弟のように見ていてくれたのだと思います。礼儀正しい態度は一度も崩しませんでしたが、あの人の目は、ただの雇い主の長男を見る目ではなかった。私を、とても近しく感じてくれていたに違いないんです。だってあんなに優しくて、あんなに慈しむような眼差しだった。胸の中でひそかに兄さま、と呼んだこともあります。もしそれが本当だったらどれほどよかったでしょう。あの人が瀬戸屋の跡継ぎで、私が弟。そうだったら、最初からきっと、何もかもがうまくいっていたでしょう。

あの人がとうとう番頭に成ったとき、私は生まれてから一番幸せな心持ちになりました。名実ともに瀬戸屋の顔になった日です。父も奉公人の中では一番にあの人に目を掛けていたので、お祝いの席が設けられました。と言っても当然私が同席することはなく、自分の部屋で食べるいつものお膳が少し贅沢になったくらいでしたが。

それでも、私は嬉しくて嬉しくて、その晩は一人であの人の出世をお祝いしました。木細工の小箱に入れて大事に仕舞ってあるあの南天を取り出して、そっと掌に乗せて。初めて会ったときのあの人がそうしていたように、ふーっと息を吹きかけます。それは私だけの内緒のまじないでした。あの人の健康を、幸せを、強く強く願いながら息を吐きます。

そのとき、ふいに襖が開きました。

「祥太郎坊っちゃん」

あの人でした。私は慌てて南天を小箱に仕舞い、布団の中に隠しました。あの人は上機嫌に笑っていて、頬には赤味がさしています。微かなお酒の匂いがしました。

「見てください、ほら。とうとうあたしも羽織を着られるようになりましたよ」

袂に手を添えてしゃんと背筋を伸ばして、番頭になって初めて仕立てるのを許されるまっさらな羽織をよく見せてくれました。行灯の薄明かりの中、それはまるで夢みたいに綺麗で。私はもう少しで感極まって涙を零してしまうところでした。

「六蔵さん、おめでとう。本当におめでとう」

「ああそうだ、今日からは六兵衛と呼んでくださいな」

「六兵衛……？」

「旦那様からいただきました。ありがたいことです」

父の名は喜兵衛です。あの恐ろしく、厳しい顔以外見たことのない父が、自分の名から取ってあの人に番頭としての新しい名を与えたのです。私も、そして姉や弟妹たちも飛び越えて、父が本当はあの人を瀬戸屋の跡継ぎにしたいと考えているのが分かりました。きょうだいたちはどうか知りませんが、そうだとしてももちろん私に異存はありません。そうなってくれたほうがずっといい。もしそうなれば、本当にこの屋敷であの人と私はずっと一緒に暮らせるのですから。

「ここまでやってこれたのも、祥太郎坊っちゃんのおかげです」

「どうしてそんなこと言うの。私はずっとここで寝ていただけ……知ってるでしょう」

「いいえ。祥太郎坊っちゃんが立派な方なのを、あたしは昔から知ってます。丁稚の頃も手代の頃も、正直言やぁ辛抱できねぇようなこともありました。でも、そんなときは決まって坊っちゃんのお顔が浮かぶんです。坊っちゃんが病に負けずに頑張ってんだ。五体満足なあたしが踏ん張らなきゃどうするってね」

私はびっくりして、息が止まりそうになりました。そんなことを思っていてくれたなんて、ちっとも知らなかった。

「あたしは田舎の出です。奉公に来たばかりのころは江戸の暮らしに馴染めなくて、みじめな思いばっかりしていやした。そんな田舎者の、しかも丁稚風情と仲良くしてくれたのは、坊っちゃんだけです。こんな立派な大店の坊っちゃんなのに、少しも偉ぶったところがねえ。あたしは心底から坊っちゃんに感謝してるんですよ」

そう言うと、あの人は私の布団のすぐ側までやってきて、寒い冬の日みたいに、手をそっと握ってくれました。

「――大きくなりましたね。背もぐんと伸びた。きっともうすぐ病も治りますよ」

「お医者でもないのに、なぜ分かるの」

「あたしは医者より坊っちゃんのことをようく見てます。きっと治ります。すぐ治る。そうなったら坊っちゃんが瀬戸屋の若旦那だ」

「そんなの……夢や幻でだってありえやしない」

「そんなこたありませんよ。あたしは知ってるんですからね。坊っちゃんがこっそり瀬戸物やそろばんの勉強をなさってるのを」

私は俯いてしまいました。そう、確かに商売のことや品物のことを密かに勉強してはいました。でもそれは、若旦那になろうなんてつもりではなくて、少しでもあの人のことを知りたいからという、よこしまな気持ちで学んでいたのです。それをあの人はいいように誤解してくれたのでした。

自分が恥ずかしくなって、顔が熱くなるのを感じました。

「坊っちゃん？　どうしました、具合が悪いんですか」

「別に……少し疲れたのかも」

「それはいけねえ。あたしもばかだね、つい浮かれて夜分に押しかけちまった。さ、お休みになってください。行灯はあたしが消していきますから」

そう言って、あの人は私の背中を抱くようにして布団に寝かせてくれました。

（あ……）

掻巻を掛け直してくれたとき、大きな身体が私の上に覆いかぶさって、一瞬、私の目にはあの人以外何も見えなくなってしまった。

――ああ、今死にたい。この世の最後に見る景色、これがいい。

そう声に出して言ってしまいそうでした。兄さま。私の兄さま。私だけの。そのまま、そのままでいて。お願い。もう少しだけ……。

誓って言いますが、私はあの人とどうにかなりたいなんて、考えてもいなかった。そんな大それたこと、淫らがましいこと、夢にすら見なかった。ただこのまま、ずうっとこのまま、あの人が瀬戸屋の番頭でいてくれて、たまにこの部屋に来てくれれば、それでよかったんです。私を弟みたいに思っていてくれたら、それで十二分に満足でした。それ以上何も望むものはなかった。本当に、それだけだったんです。私の願いは。

番頭というのは、店の実際を切り盛りする仕事です。ますます忙しくなって、ますます顔を見ることも減っていきました。それでも私は幸せでした。部屋でじっとしていてもあの人の評判はあちこちから聞こえてきましたから。

でもある日、どうしてもあの人に会いたくなってしまって、まだ表が暗いくらいの早い朝、そっと部屋を抜け出して店の中に入ったんです。あの人が丁稚の頃から変わらず、誰よりも早起きして掃除をしているのを知っていましたから。

店の中には、実はほとんど入ったことがありません。ふらふら歩いて大事な売り物を割ったりしたらことだから来るなと、父に言われていたからです。

冷たい空気の中、さらさらと柔らかな衣擦れの音が聞こえました。目を凝らすと、あの人が絹地の塵払いで棚の茶碗の埃を取っている音でした。

「……六兵衛さん」

「わっ、なんだ、坊っちゃんですか。驚いた、どうしたんですこんな所で」

「その……目が冴えてしまって」

言い訳でした。でもあの人は何も言わずに座布団を出してくれたので、私は座って、立ち働く背中をただ見つめていました。大きな身体をしているのに、所作には少しも乱暴なところがなくて、まるで踊りを見ているようでした。今、この背中を見ているのは、この世で私だけ。誰にでも好かれる人だけど、私しか見たことのない、私しか知らない顔がたくさんある……そう思うだけで、朝の寒さが吹き飛ぶくらい胸が熱くなるのです。

「もう立派な番頭さんなんだから、掃除なんて他の人にさせればいいのに」

「旦那様にもそう言われたんですがね。でも、これが身に染み込んじまってるんです。朝一番に瀬戸物の顔を見ないと、起きた気にならないんですよ」

そう言って笑いながら、休まず棚や茶碗を拭き清めていきます。こんなに早い朝なのにあくびの一つも漏らさず、見飽きるほどに見ているだろう皿や茶碗を丁寧に磨いていく。うちの瀬戸物は幸せ者だ、と思いました。値の張るものから安物まで、全てあの人の目と手が行き渡っている。慈しまれている。

「最近は、うちでは何がよく売れているの」

何の気なしに言ったことでした。話題なんてなんでもよかったんです。ただあの人と話したいだけだったから。私のそんなよこしまさなんて知らないあの人は、にっこり笑って二つの茶碗を棚からそっと下ろしました。

「最近はこんな感じの夫婦ものが流行りですよ。大きい方が亭主、小さい方が女房用。二つで一組の茶碗です」

「夫婦……」

私はそのとき、恐ろしいことに気付いてしまいました。六兵衛さんも、いつか所帯を持つ。どこかの女を娶る。もう番頭になったのだから、いつまでもこの家に住み込まずどこかよそに家を構えることも出来てしまうのです。六兵衛さんがそうしたいと言ったら、父は二つ返事で承諾し新しい家を探してやることでしょう。祝言も盛大に開くでしょう。それどころか、暖簾分けされ独り立ちだってできる。瀬戸屋の番頭でなく、自分の店の主人になれる。そう望むだけで。

「いや……!」

そんなのは嫌だ。水風呂に突き落とされたみたいに全身が冷たくなって、私は震えながらその場を逃げ出していました。背中に聞こえるあの人の声も無視して、部屋に戻って布団を被って泣きました。永遠じゃない。あの人がこの家にいるのは、永遠じゃないんだ。

それからしばらく、私は本当に部屋に閉じこもりきりになって、誰にも会うことはしませんでした。これ以上あの人を慕う気持ちが募ったら、別れが余計辛くなるだけ。次にまたあの顔を見たら、私はきっとみっともなく泣き伏してしまう。そんな私を見たあの人はとても驚くことでしょう。私のささやかで、でもよこしまな気持ちになんて少しも気付いていないのでしょうから。

あの人が襖の向こうにやって来ても、会いたくないと追い返しました。いっそ嫌われてしまいたかった。そうすれば心が楽になったと思います。襖の向こうから罵ってほしかった。偏屈の死にぞこないと。でも、私の願いなんていつも何一つ叶わない。

「坊っちゃん」

優しい声が、襖の向こうから聞こえます。

「坊っちゃん、身体が辛いんですね。あたしにできることがあったら、何でも言いつけてくださいな。なんだってさせてもらいますよ。坊っちゃんが元気になるなら……」

布団から飛び起きて、こう叫んでしまいたかった。どこにも行かないで。ずっとうちに居て。一生瀬戸屋の六兵衛でいると誓って。私をあなたの弟にして。兄さまと呼ばせて。死ぬまでの間、あなたの弟でいさせて……。

一日一日が経つのが、地獄のように辛くなりました。今日には女房になる女を見つけてしまうかもしれない。明日にはここを出て自分の店を持ってしまうかもしれない。そんなことばかり毎日毎日考えて、気がおかしくなりそうでした。

食が細り、やつれ、寝込むことが増え、それでもなぜか死ぬことだけはできない。南天の入った木箱を握り締め眠りながら、もう目覚めたくないと願っても、朝はやって来るのです。

そんなある日、私は襖の向こうの廊下で女中たちがお喋りしているのを聞くともなしに聞いていました。いつものように。あの人のことを考えるのがこんなに辛いのに、あの人の噂になると勝手に耳が猫のようにぴんとなって、声を拾い上げてしまうのです。

「――それでね、もういいかげん仕事が回んないから、六兵衛さんが親戚呼んで手代に雇うんだって」

「へぇ。じゃその手代がいずれうちの番頭になんのかしら」

「六兵衛さんは瀬戸屋に骨埋めるつもりらしいわよ。そうなっても暖簾分けはしないで大番頭に収まるんじゃないかしらね」

「ならいいけど。いい男がいないと働き甲斐がないもん」

ぱっと、霧が晴れたような気持ちになりました。私はよろよろ起き上がり、襖を開けて「その話はほんとう?」と女中たちに問い質しました。女中はお化けでも見たみたいな顔をしていましたが、話は本当で、あの人はうちの番頭をやめるつもりはないと確かに言っていたと聞かせてくれたのです。

生き返ったような心持ちです。あの人はずっと瀬戸屋に、うちに居てくれる。うちの番頭として私の側で暮らしてくれる。こんなに嬉しいことがあるでしょうか。死なずにいてよかった。死んでしまいたいなんて、本当にばかなことを考えたものです。

その夜は、久しぶりにぐっすりと眠ることができました。明日目が覚めたら、きっと何もかもよくなっている。病も本当に治るかもしれない。それくらいいい気分だったのです。

でも、知っているでしょう。私の願いなんて、いつも何一つ叶わないんです。

次の日の夕刻、あの人が私の部屋にやってきました。二十歳くらいの見知らぬ男を連れて。

「祥太郎坊っちゃん、こいつはあたしの甥っ子の七蔵と言いやす。今まで大阪の方で丁稚をやらせてたんですが、今日から瀬戸屋の手代として働くことになりました。さ、ご挨拶しな」

「はい、七蔵と申します。坊っちゃん、よろしくお願いします！」

耳がきんとするくらいの威勢のいい声で、七蔵と名乗ったその男は私に頭を下げました。あの人には似ても似つかない、色の黒い、どんぐり眼の、子供っぽい男です。へらへらしていて、ばかな犬みたいな顔で。私はひと目見ただけで、七蔵がすっかり嫌いになってしまいました。虫の知らせというものだったのかもしれません。

なのに、七蔵が手代として店に出ると、すぐにいろんな噂が流れ込んできました。曰く、上方仕込みの商売上手で、口上がうまく冗談好きで、来る客来る客笑わせてあっという間にお得意様を増やしたと。あの人の実直な仕事とはまるで違う、品のないやり方です。そういう手代は瀬戸屋にふさわしくない。でも、番頭であるあの人が認めているのなら、私が口を出せることではありません。落ち着かない、つらい気持ちになりました。

そうしてまた、あの人の顔をろくに見られない日々が始まりました。瀬戸屋は建て増しまでして商売を広げ、今やここいらでは一二を争う大店になっていました。それもこれも、すべてあの人のおかげ。六兵衛さん。私の兄さま。忙しくて忙しくて、きっと夜もろくに眠れていないに違いません。病人がひとの身体の具合を心配するなんて口幅ったいけれど、それでも私はあの人の毎日が健やかであることを、祈らずにはいられませんでした。

七蔵のことも、あの人の仕事をずいぶん助けているのだと思えば、だんだん気にならなくなってきました。あの人がちょっとでも楽できるんなら、猿でも鵺でもなんでも雇えばいい。

でも、夜毎に病の痛みとは違う痛みが、私の胸を襲うのです。あの人は、私のことなど忘れてしまっているんじゃないか。商売の役に立たない私の顔など思い出しもしないでいるんじゃないか。いけないと思いながらそんな考えばかりが頭をよぎる。私はあの人がたまに逢いにきてくれたらそれで満足だったんです。嘘じゃない。嘘じゃない。本当に、それだけが望みだったんです。

私の願いなんて、いつも何一つ叶わないんです。

あの日のことを思い出すと、今も胸が潰れそうに痛みます。もしあの日に戻れたのなら、私がすることはひとつ。火箸を握って自分の耳に突き入れることです。そうさえしていれば、あんなものを聞くことはなかった。何も聞かずにいれば、こんなことにはならなかった。神様、仏様、どうして私をこんなに弱い身体に作っておいて、耳だけはあんなにも遠くのささやかな音が聞こえるようにしてくれたんです。時折私は自分を玩具のように感じます。蹴って転がして放り投げて遊ぶ、神仏が弄ぶために作った玩具。不敬でしょうかね。もうどうでもいいんです。お祈りなんて一生分した。ばちだってもう、一生分当たっています。

ともかく、私は聞いてしまった。夏の最中、のぼせそうに暑い日。店を閉めたあともまだ表は明るい季節。庭から水音がしたのです。

誰かが柄杓で水を撒いている。女中か丁稚かと思いましたが、男の声が聞こえました。七蔵でした。はしゃいでいるような響きで、しきりに喋り続けています。応える声がありました。あの人でした。二人で、庭に水を撒いて涼んでいるのです。すぐ側、戸板一枚隔てたところに私がいるのを知りながら、声も掛けずに。

布団をぎゅっと握り締めて、私はその声を、音を、頭の中から追い出そうと努力しました。ええ、聞かないように努力していたんです。私は無礼な人間じゃありません。聞こうと思って聞いたわけじゃない。聞きたくなかった。あんなの、少しも聞きたくはなかった。でも。

「兄さん!」

笑いながら、はっきりと、そう言うのが聞こえたのです。七蔵が、あの人をそう呼ぶのを。あの人が、それに当然のように応えるのを。

もう夕餉の時間ですか。時が経つのはあっという間……でも、食欲がないんです。刻も、季節も、何もかもがもうよく分からない。知る術がないんですもの、今は。あなたは親切だけど……でも私には何も教えられないんですものね。いいんです。こうして話を聞いてくれるだけでも、随分気が紛れますから。

どこまで話しましたっけ……ああ、そうだ。あの日のこと。

私はその夜、おかしな夢を見たんです。そう、夢ですよ。実際にあったことじゃありません。だってその頃、私はひどく塩梅が悪くて、床から起き上がれるような具合じゃなかったんです。だからあれは夢。ただの夢なんです。夢は自由なものでしょう。どんないい夢も、おぞましい夢も、何を見てもかまわない。

その夢の中で、私は部屋の中に居ました。立って、布団を見下ろしていました。辺りは真っ暗。でも、不思議と目がよく見えるんです。布団の中で寝息を立てているのは、七歳でした。

素直な気持ちを言いますけど、私は七歳が憎らしかった。ええ、それは間違いありません。だってあの人の隣で働いて、あの人を兄さんだなんて呼ぶんですもの。それは本当は、私がするはずだったことでしょう。私のこの身体さえちゃんとしていたら、それは私のものだったんです。瀬戸屋の若旦那として、番頭のあの人について見習い働きをして、そしてこっそり、兄さまと呼ばせてもらうんです。羽織の裏地をお揃いにして、仕事がはけたら一緒に焼き芋でも買いに行って、並んで歩いて、そうしていろんなことを話すんです。二人で。二人一緒に。それが本当は、私の生涯のはずだった。そうはならなかったのは、もう諦めました。病は病。どうしようもありません。でも、私が手にするはずだったものをぽっと出の下品な男がかっさらって行くのは許せない。それは泥棒です。ねえ、そうでしょう。あの人を兄と呼ぶのは私だったはず。私だけの秘密だったんです。それをあの男は、堂々と昼日中から、当てつけるように、いやらしく、呼ばわったんです。あの人を……私の兄さまを……。

何でもない、大丈夫だから、誰も呼ばないで。少し咳が出ただけですよ……水を頂戴。そうすれば治まりますから。……。ふふ。見てくださいな、この指。ほとんど骸骨のよう。これでもまだ死なないんだから、仏様はよっぽど私で遊ぶのが楽しいんでしょう。

どこまで話しましたっけ……そう、夢。夢の中。私は夢を見ていた。あれは夢でした。間違いない。だってあんなにしっかりと畳を踏んでまっすぐ立つことは私には出来ませんし、あんなにしっかりと両手に力を込めて、七蔵の首を締めることも出来ないんですから。あら。随分青い顔をしてますね。夢の中のお話ですよ。夢だから、実際に起こったことじゃあないんです……それを証拠に、次の日もその次の日も、七蔵はぴんぴんして生きてましたから。毎日毎日、同じ夢を見たけれど、ただの夢です。

眠りに落ちると、私は七蔵の部屋に立っています。生意気にも一人部屋を与えられていて、ちゃんとした布団で眠っています。あの人が手代だった頃はもっと苦労に苦労を重ねていた。こんな早い内からいぎたなく寝てばかりなんていなかった。誰よりも遅く寝て早く起きて、商売に打ち込んでいたんです。こんな男が、あの人にふさわしいわけがない。あの人の弟になれるわけがない。この男さえいなければ。この頑丈そうな身体さえなければ。私がこの身体を持っていれば。そうすればすべて、何もかも、何もかもがうまくいくのに。

私の願いなんて、いつも何一つ叶わないんです。

だからせめて、夢の中ではしたいことをしてやった。それだけなんです。繰り返し、何度も、毎日毎日七蔵を絞め殺して。夢の中だからできたことです。夢の中でしか私の願いは叶わないから。それくらい許されるでしょう？　許されるべきなんです。だって夢なんですもの。夢に罪があるなんて、ばかばかしい。私は何も悪くない。ただ夢を見ていただけ。ふふ。ひどく怯えてる。大丈夫、あなたには何も恨みはない。感謝しかない。こうして私の話を聞いてくれるんですもの。

夜毎の夢は、私の気持ちを少し晴らしてくれました。憎い相手をこの手で退治する。すっとするのは分かるでしょう？　そう、すっとできれば良かったんです。

でもある日、突然部屋に父がやってきました。あの人と、七蔵を連れて。

「間違いないか」

父はまるで知らない他人にするように、私の顔を指さしました。七蔵は――覚えている
より随分痩せて青白い顔をしていましたが――額に脂汗を浮かべてただ頷いていました。
あの人は……今まで一度も見たことのないような、冷たい、何の表情もない顔をしていま
した。何が起こったのかすぐには分からなかった。でも、それが私が最後に見たあの人の
顔です。

私が夢を見始めたのと同じ時期に、七蔵もまた夢を見だしたそうです。私が部屋にやっ
てきて、おそろしい力で首を締めてくる夢。最初の一晩はただの奇妙な夢だと思っていた
そうですが、それが毎日――私が見たのと同じ数だけ毎日続いて、次第に身体の調子もお
かしくなってきたんだそうです。それでも夢見が悪くて具合が悪いとは言い出せずにいた
らしいですが、あの人が問い質して、白状したんだと聞きました。

夜毎、いえ近頃は真昼間も、祥太郎ぼっちゃんの幻がやってきて自分を殺そうとすると。
私は父と二人きりにされ、厳しく問い詰められました。なぜ何の咎もない七蔵を恨むの
かと。私は口からでまかせを言いました。本来なら跡継ぎになるはずの自分より七蔵が重
用されているのが気に食わないと。同い年なのでつい嫉妬してしまったと。自分でも驚く
くらい真に迫って、涙まで流してそう言いました。

父は呆れ、でもすっかり信じ、そして言ったのです。「なら六兵衛と七蔵に暖簾分けして、
瀬戸屋とは別の店をやってもらう。あの二人はもう瀬戸屋の商売には関わらない。それな

ら お前の恨みも無用になるな？」と。

あまりのことに、私は大笑いしてしまいました。あんなに笑ったのは、生まれて初めてだったかもしれません。笑って笑って、気味悪そうに私を見下ろす父の顔を見つめ返しました。気がおかしくなったと思われたんでしょうね。

言ったでしょう。私の願いなんて、絶対に何一つ叶わないんです。

父の言った通り、あの人と七蔵は揃って瀬戸屋の奉公をあけて、霊岸島からも、江戸からも出て、大阪に移り住んで商売を始めました。どんなに耳を済ませても、もう声すら聞こえないほどの遠くです。もう二度と、あの優しい眼は私を見ない。あの大きく暖かな手は私に触れてくれない。兄さま……私の兄さま。私だけの兄さま。

私は見ての通り。ずうっと変わらない暮らし。まあ、部屋が鍵付きの座敷牢になって、こうして口の聞けないあなたしか世話にやってこなくなってしまったのは、前と違うところですけれど。

ええ、まだ見ていますよ。夜毎同じ夢を見ます。もう遠く離れているけれど、七蔵も同じ夢を見ているかしら。そう。ただの夢……ただの夢です。

In The Cup of Tea.（茶碗の中）

その学生がいつから私の研究室に出入りし始めたのか、どうしてもきっかけを思い出せないまま秋になった。

彼がやってくるのはだいたい夕方だが、いつ見ても風呂上がりか散髪したてのようにこざっぱりした身なりをしている。まあ昔のような蓬髪破帽《ほうはつはぼう》のバンカラ学生など見なくなってもう何十年も経つが。良家の子女が集まっているというわけでもないこの大学も、男子も女子もみなペットショップの仔猫のように小奇麗だ。

「先生、これお土産です」

その日も小さな紙袋を片手にドアの隙間から顔を覗かせた彼は、汚れ一つない真っ白いシャツとカーディガンを痩せた身体に纏っていた。

「土産？　どこか出掛けてたのか」

ええまあ、などと返事しながら勝手知ったる人の部屋という風情で電気ポットにペットボトルの水を入れ沸かし始める。

「ただのお茶ですけど」

袋を開けると小洒落たパッケージが出てきた。ティーバッグの紅茶らしい。どこで買ったものかは分からない。

彼はいつも一人でここにやって来る。他の学生と喋っているところも見たことがない。細面の整った顔立ちで、今風の「イケメン」に見えるし人当たりも悪くなさそうなのだが、友達や恋人はいないのだろうか。

「君、故郷はどこなんだ」

「なんです、急に」

「帰省でもしてきたのかと思っただけだ」

「そんなんじゃないですよ。ちょっと遠出しただけです」

電気ポットが蒸気を吹き上げた。彼は誰かが食堂から拝借してきた茶碗を棚から一つ出して湯を注ぎ、私のところまで持ってきた。

「君は飲まないのか」

白湯に貰ったティーバッグを入れ、赤茶色の靄《もや》が広がるのを見ながら言う。

「ええ、喉が乾いてないので」

熱い紅茶を啜りながら、結局出身地を言っていないなと思う。彼に個人的な質問をすると常にこうやってはぐらかされる。それともこういう腹の内を明かさない態度が今は格好がいいとされているのか。食えない学生だ。しかし私は、彼の訪問を少なくとも拒んではいない。いや正直に言うと、少々楽しんでいる。

紅茶をもう一口啜る。どういうことのない味だ。ふと彼と目が合う。

油壺から抜け出たような、という言い回しがあるが、そんな形容がしっくりくる、どこかぬるりとした艶がある。梨園の御曹司か芸者の息子と言われたらそのまま素直に信じるだろう。これだけの容貌なら言い寄る女子学生は引きも切らないだろうに、何が面白くてこんな埃臭い部屋に足繁く通ってくるのか。

「そうだ、読みましたよ『文藝左右』。「未完文学の明けない夜」面白かったです。あれ、連載にならないんですか」

「評判次第だな。まあ小遣い稼ぎだ。あんなもの学部生だって調べりゃ書ける」

「そうかな。少なくとも僕は無理ですよ。あんな風には書けない」

あんな風ときたか。時々挟まれるこういう小生意気な口の聞き方が癇に障るが、長い前髪を揺らしながら訳知り顔な言葉を放つのがまた妙にサマになっている。美男というのは得なものだ。

「でも、完結していない小説って思ったより多いんですね。知らない本もたくさんあった」

「君は小説なんか読むのか」

「読まないのにここ、来ると思います?」

「そんな連中ばかりだよ、昨今は」

ふふ、と吐息を漏らすような笑い声。切れ長の瞳を糸のように細めて、彼は首を傾け意味ありげに私の方を見ている。彼は時々こういう目をする。何を訴えているのか、それを私に読み解けと言っているような挑発的な目だ。

「じゃ、僕そろそろ失礼します」

「なんだ。茶を持ってきただけか」

「ええ。また」

最後、駄目押しのように肩越しにちらりとこちらを見て、彼は部屋を出ていった。

「……」

狐につままれたような気持ちで、すでに冷め始めた茶を啜る。その時、机の隅に先刻までは無かった書類のようなものが置かれているのに気付いた。

ゼムクリップで留められたその書類には「読んでください」と癖のない字で書かれた水色の付箋が貼られていた。紙をめくると、中身は小説らしいことが分かった。記名はないが、おそらく彼の書いたものだろう。

ふん、と少々鼻白んだ。彼も掃いて捨てるほどいる「作家志望」の学生の一人だったか。単位取得や就活からの逃避で、在学中に華々しい作家デビューを夢見る有象無象だ。しかし、作品を書き上げている分まだましではある。たいていのそういう連中は、恐ろしいことに小説など一行も書いたことがないのに堂々と「作家になりたいから編集者を紹介してくれ」などと詰め寄ってくるのだから。

タイトルは無かった。縦書きにプリントされた紙は数枚で、ごく短い掌編のようだった。

私は読み始めた。

天和三年の一月四日、本郷白山にあるその茶屋はいつにない賑わいを見せていた。しかつめらしい顔をした侍の一団が狭い店の中に詰めかけていたからだ。彼らは中川佐渡守とその家臣一行で、年始の挨拶回りをする途中、身体の弱い主君のため茶屋で休憩をとっていたのだった。

その中の関内という若党が、ふいに強い喉の渇きをおぼえて大きな茶碗に自分でなみなみと茶を注いだ。そして碗に口を近付けようとしたその時、ぎょっと目を見開いた。

茶碗の中の透き通った水面に、自分のものではない顔が映っていたのだ。

関内は驚いて振り向いたが、背後には壁しかない。

目を瞬かせもう一度茶碗の中を覗くと、まだ顔はそこに在った。前髪からするとどうやら若い侍のようで、少女めいたなよやかな容貌をしている。まるで一幅の画のような美しい顔だったが、生きている顔がそこに張り付いているかのように生々しい。この奇妙な幻に関内は当惑し、茶を床に捨てまじまじと検分してみた。空になった茶碗から顔は消えており、何も映っていない。首を傾げながらもう一度そこに茶を注ぐと、またしても顔が現れた。しかも今度は、艶然とした笑みを浮かべながら。

「面妖な」

関内は思わず呟いた。茶碗の中の顔はそれに応えるように、薄い桜色の唇をほころばせますます艶かしく微笑んだ。しかし関内は最早眉一つ動かさず、

「貴様が何であろうと、俺を謀ることは許さんぞ」

と言うと、その顔ごと一息に茶を飲み干してしまったのだった。


その夜。関内は中川の屋敷で当直にあたり、広い部屋の中で一人座して襖を見つめていた。傍らの盆には大きな土瓶と茶碗が置いてある。屋敷の女中があらかじめ用意した茶だ。普段なら湯が冷めぬうちに一杯飲むのだが、昼間の事が気になってどうもその気にならない。果たして自分が飲んでしまったあの顔は幽霊か化物の類なのではないか。そう思うと、なにか腹のあたりがもやもやとしてくる。

何度思い返してみても、あの顔に関内は見覚えがなかった。あれは一体どこの誰なのか。なぜ自分の茶碗に現れたのか。考えるほどに、正体の分からぬものに心を煩わされている

ことそのものに腹が立ってきて、えいままよと茶碗を引っ掴むと土瓶から茶を注ぎ中を覗き込もうとした。その時。

部屋の隅に、男が一人立っているのに気付いた。

「貴様」

関内は茶碗を投げ捨て刀に手を掛けた。男は死に装束のような白い着物を着込んだ若侍で、その顔は、よく見なくとも茶碗の中のあの顔であることがすぐに分かった。

「曲者、何奴」

半ば抜きかけた関内の前で、男は慌てず騒がず畳の上に座り丁寧に頭を下げた。いかにも育ちの良さそうな礼にかなった仕草で、こんな時でなければ好漢と感じたかもしれない。

「私は式部平内と申します。……関内さま、私に見覚えはございませぬか」

顔に似合わぬ、低くよく通る声だった。昼間自分が飲み下したのとまったく同じ顔を目の前にして、背筋に冷たいものが走った。

「見覚えなどない。それよりも如何様にしてこの屋敷へ入った。返答次第では斬って捨てる」

肚に力を込めて男を睨む。しかし男は少しも怖がらず秀眉を悩ましく寄せ、どこか恨みがましいような目つきで関内を見やった。

「私をご存知ない、と、そう仰るのですね」

「そなたの顔も名前も一切預かり知らぬ。さあ答えよ。如何にしてここへ参った」

すぐにでも一閃《いっせん》斬り捨てられるように立て膝で男に詰め寄ったが、男は引くどころか自らもにじり寄り、上目遣いに関内を見上げて言った。

「冷たいお方だ。これでもまだ私に見覚えがないと仰いますか。今朝方関内さまは、私に……私にとんでもない破廉恥なことをなさったではありませんか」

紙のように白い男の頬が、じわりと紅く色付いた。下唇を少し噛み恥じらいの表情を見せながら、男の手がふいに関内の袂から腹のあたりにひたりと触れた。

「何をする！」

平手で強く突き飛ばすと、男の身体は崩れるように畳の上に横たわった。割れた裾から絹地の足袋にも引けを取らぬつるりと滑らかな脛がしどけなく晒される。関内は思わず息を呑んだが、男はそれを見てどこか嘲るような笑みを浮かべた。

「関内さま、恨みまするぞ。一度は私を受け容れておきながらこの仕打。貴方さまをお慕いしこうして忍んで参った私に、恥をかかせましたね」

「何を申しておるのかさっぱり分からぬ。此処は我が主君の屋敷。これ以上面倒を起こすようならば本当に斬る」

立ち上がり、とうとう関内はすらりと刀を抜いた。鈍く光る刀身を目の当たりにし、男の眦《まなじり》がきっと吊り上がる。

「あくまで知らぬ存ぜぬと申しまするか。あい分かった、そちらがそのおつもりなら、後程覚悟めされよ」

そう言うなり男はゆらりと立ち上がった。関内は今度こそ迷わずその身体に一太刀浴びせたが、男は病葉のようにひらりとそれを躱し、それから溶け消えるように襖の向こうに消えてしまった。関内は慌てて襖を開け表を見やったが、男の姿は後ろ髪さえ見つけることができなかった。

この関内の報せを聞き、中川家の家臣は一同ひどく驚いた。男が闖入《ちんにゅう》した夜は表門裏門共に警護の者は誰一人ひとの姿を見ておらず、式部平内という名も聞いたことがある者はいなかったのだ。

翌晩の事だった。自宅に戻った関内が両親と共に寛いでいると、下働きの者が見知らぬお客がおいでですと呼びにきた。何か嫌な予感がして刀を持って玄関に出ると、果たして帯刀した男が三人、並んで関内を睨みつけている。

「夜分に失礼いたす。私共は松岡平蔵、土橋文蔵、ならびに岡村平六と申す。此方は関内殿の邸で間違いござらぬか」

「いかにも、拙者が関内だ。何の用向きか」

「私共、式部平内の家来でございます」

はっとして、関内は左足を半歩引き身構えた。

「我らが主人が昨夜お訪ねした際に、貴殿は冷血無情な言葉を浴びせ、あまつさえ斬ろうとまでなさった。あのような清廉純真なお方が恥を忍んで想いを遂げに参じたのに、斯様な態度は非礼の極み、野暮の極み。あれから主人は床に臥せってひどく塞ぎ込みまるで幽鬼の如きいたわしい姿になり――」

皆まで聞かぬうちに関内は抜いた。床板を蹴り土間に躍り出て薙ぎ払うように三人の侍の横っ腹を斬った。が、昨夜の式部平内と同じようにその姿は夜風に溶けるように掻き消えてしまい、そして

文章はそこで終わっていた。

首をひねった。紙の余白もまだあるのに、この話は明らかに途中でぶつ切れに終わっている。よく分からない小説だ。時代物というのは意外だったたし、てにをははまあちゃんとしているが、舞台に合わせて無理に畏《かしこ》まろうとしたのかぎこちなく陳腐な言い回しが多く、全体の印象もぼんやりしている。妙に血生臭く、男色の気配を仄めかしているが、それだ

けだ。終盤に出てきた家来もよく分からない。なぜ名前まで名乗らせて三人も登場させたのか。この後にそれが効いてくるような話が続くのか？

紙を机に放り出し、紅茶の茶碗を手にした。

「あっ」

私は思わず茶碗を取り落としそうになった。

その紅い水面に、顔が映っていたからだ。彼の顔が。

「先生」

眼の前、数メートルくらいの位置で声が聞こえた。顔を上げなくてもそれが誰の声かは分かる。茶碗を持つ手が震えだす。部屋のドアはぴっちりと閉まっている。

「先生、早速読んでくれたんですね。どうでした？」

足音もなく、声が近付いてきた。

「これは……未完の作品だな。そうだろう」

動揺を悟られぬよう声を低くしたが、喉が乾き声はひりついて詰まった。

「さあ。どうでしょうか」

茶碗の中の彼の顔が笑った。今まで見たことがない、ぞっとするほど淫らがましい笑いだった。顔を上げることができない。茶碗の中の彼から目を離すことができない。

「もし、あれで終わる話だとしたら、どうします」

蛇のように冷たい手が、私の頬に触れ首に絡みついた。ふいに、幼い頃一人で町の中を当て所なく歩き知らない道を求めて何度も曲がり角を曲がったときのことを思い出した。角を曲がればそこに間違いなく新しい道があると信じて疑わなかったのに、最後に曲がった角の先には突然道が無くなっていた。あれは壁があったのか、空き地が続いていたのか、断崖絶壁になっていたのか、あそこからどうやって家に帰ったのか。何も思い出せない。茶碗の中の彼がゆっくり瞳を閉じて薄く唇を開きまるで口付けをねだるように僅かに顎を上げ突然肺が潰れたように息ができなくなりそして

解説とあとがき

小泉八雲ことラフカディオ・ハーンは「再話文学」の名手でした。再話文学というのは簡単に申しますと、昔話や伝説などを現代（語り手の生きた時代）の感覚や言葉に合わせてリメイクした文学です。ハーンの代表作である『怪談』は、妻セツの助けを借りて日本のあちこちに伝わる説話や昔話を再話した小説集です。

つまりオタク的に言い表すと、二次創作にやや近い手法、マインドで書かれた文学なわけです。いきなり馴染み深くなる！　それをさらにBL物語として再々話するというのが、本書のコンセプトです。

ハーンの文筆家としてのキャリアは、まず新聞記者として頭角を現したところから始まったそうです。事件を取材し、関係者や背景の情報を整理し、それを読者の興味を引く読み物として組み上げる。この仕事がすでに再話文学のメソッドに近いのが面白いです。ハーンはその後世界各地を旅しながら、新聞記事や紀行文だけでなくオリジナルの小説も何本も書き上げますが、最終的に、庶民に伝わる昔話や伝承をリメイクする再話の手法をメインに、いくつもの物語を編みました。

ハーンの再話は、原典とほぼ同じ物語に仕上げているものと、そうでないものがあります。あらすじは一緒でも登場人物の性格や行動がちょっと変わっていたり、メタフィクション的な構成に作り変えていたり、いろいろと工夫して現代（ハーンの生きていた時代）の人々、とくに日本文化に馴染みのない欧米の読者に読ませるギミックを盛り込んでいます。

ハーンが元の話から足したり引いたり変更した部分も、資料を探すといくつか確認することができました。たとえば本書でも題材にした『茶碗の中』。これの元ネタは『新著聞集』という説話集に収められている小話で、こちらではかなりはっきりと「男と男の痴情のもつれ話」であることが描かれています。茶碗の中に若侍の顔が現れるのは彼が関内を強く恋い慕っていたからで、それなのにすげなく扱われショックを受けた主君のために家臣が「うちの坊っちゃんの純情を弄んだな」的に関内を問い詰めに来る、というお話なのです。ハーン版はこの若侍から関内への思慕という恋愛要素をすっぱりカットして、もっと不気味な、超自然的怪異譚に仕上げています。なので本書では、男と男の恋愛要素と怪奇要素、そしてハーン版にあるメタ要素をマシマシにして全部乗せすることにしました。

他にも本書に収められている再々話は原作からさらにずんどこアレンジしたものが多いので、元ネタを知っている方はあれっと思う部分もあるかもしれません。これは元の話が数頁ほどの短いものが多いのと、あらすじを大きく変えなければBLに寄せるためのアレンジはしてもオーケーという左右社さんのお達しにBLエンジンをフルスロットルさせたからです。僭越ながら前巻『古事記』を担当した海猫沢めろん先生が解説で仰っていたように、『間違っていてもBL訳して面白い物語』をわたくしも目指したので、原典からだいぶコースアウトしとるやんけという部分は、BLエンジンのエキゾースト・ノートとして読んでいただければ幸いです。なんのこっちゃ。

ちなみに本書の執筆に取り掛かる前に「改変、どのくらいのラインまでやっちゃって大丈夫でしょうかね？」と問いましたらば「うーん、男性が妊娠出産するくらいまでならオーケーです」とのお答えをいただきました。「まで」のレンジが広いぜ。いやあ、BLって本当に自由でいいものですね。

話が前後しますが、この『怪談』BL翻訳のオファーを頂いたとき、わたくしの頭に浮かんだのは中高生時代の自分でした。今を遡ること数十年前、まだBLという言葉も生まれておらず、インターネットも普及していなかったころ。

あの頃のやおい者、とくに書店もろくに無い田舎の貧しいやおい少女は飢えていました。なので「耽美」「少年愛」「ＪＵＮＥ」と名付けられたものなら趣味が合うとか合わないとか関係なしにとりあえず片っ端から口に入れ、それっぽい（男×男）シーンがあると聞き及べば哲学書から男性向けの官能小説までなんでも貪り、学校の教科書から図書室の本まで漁りに漁り、あらゆる書物から「男同士の恋愛」を読み取ろうと必死になっていました。それでも足りないときは男女ものの物語を脳内で男男変換し、飢えをしのいでいたのです。

時代は変わり、今は書店でもネットでもいくらでも自分の好みのＢＬが探せるようになりました。最高です。天国です。「純情ビッチ巨乳筋肉サラリーマン受けプラトニッククラブ」みたいな複雑な嗜好だって根気よく探せば満たされます。男同士の恋愛が「禁断の愛」とか呼ばれ、その愛好家がヘンタイ、汚らわしい、恥ずかしいと後ろ指さされていた時代もそろそろ過去になりつつあります。そうなって本当によかったと思う。ＢＬは、冗談抜きに我が人生の支えです。大黒柱です。ＢＬにまつわる仕事をするのがずっと夢でした。なので、かつて飢えていた己のＢＬ魂に手向けるつもりで、あのときにこんな本があったらきっと大喜びしたであろう物語を全力で書きました。同じＢＬを愛する皆様に、そして古典文学を愛する皆様にも、楽しんでいただけたらほんとにほんとに嬉しいです。

最後になりますが、素晴らしい装画を描いてくださった中村明日美子先生に、この場を借りて厚くお礼を申し上げたく存じます。担当さんから「装画、中村先生が承諾してくださいました」と知らされたときのわたくしのハイテンション、我ながらやばかったッス……（叫んだし踊った）。ＢＬというカルチャーを代表するアーティストの一人であり、もちろん個人的にも大ファンな中村先生のイラストに自著を彩っていただけるわたくしは果報者です。幽玄にして美麗な「雪」を描いてくださり、本当にありがとうございました。

王谷晶

参考文献

書籍

・『怪談・奇談』ラフカディオ・ハーン／田代三千稔訳／角川文庫／一九五六年

・"*KWAIDAN: stories and studies of strange things*" Lafcadio Hearn, TUTTLE Publishing, 1971

・『新編 日本の面影』ラフカディオ・ハーン／池田雅之訳／角川ソフィア文庫／二〇〇〇年

・『新編 日本の怪談』ラフカディオ・ハーン／池田雅之訳／角川ソフィア文庫／二〇〇五年

・『怪談』ラフカディオ・ハーン／南條竹則訳／光文社古典新訳文庫／二〇一八年

・『大江戸商売ばなし―庶民の生活と商いの知恵』興津要／PHP文庫／一九九七年

・『江戸の色道―古川柳から覗く男色の世界』渡辺信一郎／新潮選書／二〇一三年

・『百万都市江戸の生活』北原進／角川ソフィア文庫／二〇一四年

・『小泉八雲―日本を見つめる西洋の眼差し ちくま評伝シリーズ〈ポルトレ〉』筑摩書房編集部／筑摩書房／二〇一五年

論文

・「ラフカディオ・ハーン『茶碗の中』について」牧野陽子／成城大學經濟研究(一〇二)／一〇三／一九八八年

・「青木鷺水「繪の婦人に契」とラフカディオ・ハーン「衝立の乙女」」森田直子／比較文学(四二)／二〇〇〇年

・「江戸期大商家の奉公人管理の実態」田畑和彦／静岡産業大学国際情報学部研究紀要(三)／二〇〇一年

・「「和解」における再話の方法：ラフカディオ・ハーンが望んだ夫婦愛の姿」門田守／奈良教育大学紀要 人文・社会科学 五四(一)／二〇〇五年

・「江戸期商家奉公人を勤勉へと駆り立てる制度的要因：家業の永続性へのこだわり」田畑和彦／静岡産業大学情報学部研究紀要(一五)／二〇一三年

映画

・『怪談』小林正樹監督／東宝／一九六五年

プロフィール

王谷晶 おうたに・あきら

東京都生まれ。小説家。著書に『探偵小説《ミステリー》には向かない探偵』『あやかしリストランテ 奇妙な客人のためのアラカルト』『完璧じゃない、あたしたち』など。

ラフカディオ・ハーン

一八五〇年、ギリシャ生まれの英国人。アメリカで新聞記者として活動したのち、一八九〇年、日本文化への憧れから、島根県の松江中学に英語教師として赴任。松江出身の小泉セツと結婚ののち帰化し、小泉八雲を名乗る。熊本五高・東京帝国大学などで教鞭をとりつつ、日本研究を海外に向け紹介した。著書に『知られぬ日本の面影』『心』『怪談』など。

BL古典セレクション③

怪談 奇談

二〇一九年七月三十一日 第一刷発行

著者 王谷晶
原作 ラフカディオ・ハーン
発行者 小柳学
発行所 株式会社左右社
東京都渋谷区渋谷二-七-六-五〇二
TEL 〇三-三四八六-六五八三
FAX 〇三-三四八六-六五八四
http://www.sayusha.com
装幀 鈴木成一デザイン室
装画 中村明日美子
印刷・製本 創栄図書印刷株式会社

ISBN978-4-86528-240-5

BL古典セレクション既刊

❶

竹取物語　伊勢物語

雪舟えま＝訳／ヤマシタトモコ＝装画／定価：本体1700円＋税

四六判並製／272ページ／978-4-86528-212-2 C0393

❷

古事記

海猫沢めろん＝訳／はらだ＝装画／定価：本体1700円＋税

四六判並製／184ページ／978-4-86528-219-1 C0393